最美职工 2022

中共中央宣传部宣传教育局
中华全国总工会宣传教育部 编

学习出版社

图书在版编目（CIP）数据

2022最美职工 / 中共中央宣传部宣传教育局，中华全国总工会宣传教育部编. --北京：学习出版社，2023.6

ISBN 978-7-5147-0962-9

Ⅰ. ①2… Ⅱ. ①中… ②中… Ⅲ. ①新闻报道—作品集—中国—当代 Ⅳ. ①I253

中国国家版本馆CIP数据核字(2023)第051026号

2022最美职工
2022 ZUIMEI ZHIGONG

中共中央宣传部宣传教育局
中华全国总工会宣传教育部 编

责任编辑：朱仕娣
技术编辑：胡 啸

出版发行：学习出版社
　　　　　北京市崇外大街11号新成文化大厦B座11层（100062）
　　　　　010-66063020　010-66061634　010-66061646
网　　址：http://www.xuexiph.cn
经　　销：新华书店
印　　刷：北京新华印刷有限公司

开　　本：710毫米×1000毫米　1/16
印　　张：11.5
字　　数：129千字
版次印次：2023年6月第1版　2023年6月第1次印刷

书　　号：ISBN 978-7-5147-0962-9
定　　价：38.00元

如有印装错误请与本社联系调换，电话：010-67081356

前 言

在五一国际劳动节来临之际，中共中央宣传部、中华全国总工会向全社会公开发布2022年"最美职工"先进事迹。他们是：中国航天科工集团第二研究院二八三厂数控维修工胡兴盛；南京三乐集团有限公司宇航产品室主任、工程师成红霞；奇瑞汽车股份有限公司汽车装调工、高级技师王学勇；菏泽黄河河务局供水局郓城供水处首席技师、高级技师亓传周；中海石油（中国）有限公司海南分公司总工程师（钻完井）、教授级高级工程师刘书杰；西双版纳野象谷景区有限公司亚洲象救护与繁育中心经理、兽医师、农艺师熊朝永；中建新疆建工集团第四建筑工程有限公司技术质量员、工程师吾买尔·库尔班；个体货运司机龙兵；鹤岗市南山区准时达代送物品服务店（鹤岗市美团外卖）城市经理张硕；中铁建工集团北京2022年冬奥会奥运村及场馆群工程项目经理部。

这些"最美职工"都是2022年全国五一劳动奖章获得

者或全国工人先锋号集体。他们常年扎根生产一线，有的勇挑企业急难险重攻关重任；有的为我国北斗组网卫星的全面国产化作出重要贡献；有的通过技术创新大幅降低生产线工位工时；有的驻守黄河水闸管理一线保护生态环境；有的助力我国海洋油气勘探开发步入超深水时代；有的数十年与森林为友、与象为伴；有的坚持传帮带培养技能人才；有的退伍不褪色，在新冠肺炎疫情中挺身而出；有的个人发展不忘帮助乡亲脱贫致富；有的克服重重困难确保北京冬奥会期间各项基础设施平稳安全运行……他们在平凡岗位上创造出不平凡的业绩，充分展现了工人阶级的时代风采，生动诠释了劳动最光荣、劳动最崇高、劳动最伟大、劳动最美丽的社会风尚。

为全面贯彻党的二十大精神，深入学习贯彻习近平总书记关于工人阶级和工会工作的重要论述，大力弘扬劳模精神、劳动精神、工匠精神，进一步讲好劳模故事、劳动故事、工匠故事，营造劳动光荣的社会风尚和精益求精的敬业风气，我们组织编写了本书，以加强职工思想政治引领，充分展现一线职工刻苦钻研、精益求精、追求卓越、创造一流的职业素养，激励全社会劳动者学习最美、争当最美，为实现党的二十大确定的目标任务埋头苦干、扎实工作，以实际行动迎接中国工会十八大胜利召开，为全面建设社会主义现代化国家开好局起好步而团结奋斗！

2022 最美职工

目　录

Contents

视频·链接

在平凡岗位创造不凡业绩

◎ 徐 之

【人物】2022 年"最美职工"

【故事】前不久，中央宣传部、全国总工会向全社会公开发布2022 年"最美职工"先进事迹。胡兴盛、成红霞、王学勇、亓传周、刘书杰、熊朝永、吾买尔·库尔班、龙兵、张硕 9 名个人和中铁建工集团北京 2022 年冬奥会奥运村及场馆群工程项目经理部 1 个集体光荣入选。他们扎根基层和生产一线，充分展现了工人阶级在平凡岗位上创造出不平凡业绩的时代风采，生动诠释了"劳动最光荣、劳动最崇高、劳动最伟大、劳动最美丽"的社会风尚。

【点评】"冰丝带"灵动飘逸、盈盈欲舞，"雪如意"依山而下、气势恢宏……北京 2022 年冬奥会和冬残奥会上，凝结着中华优秀传统文化元素与科技智慧的场馆惊艳亮相，给运动员和观众留下难忘的回忆。这背后，凝结着大批建设者夜以继日的攻关和奋斗。

成功之花，需要无数汗水的浇灌。"雪如意"的顶部是个圆形，拼装的过程需要每个点都非常精细才能完美闭合，雪道由 133 根柱子支撑在山谷之间，作业面狭小，地质条件复杂、环保要求高。面对艰巨任务，中铁建工集团北京 2022 年冬奥会奥运村及场馆群工程项目经理部聚力攻关，在 1000 多个日夜里多次论证、反复推演，啃下一个个硬骨头。工期紧、任务重、施工条件恶劣，项目部里没有一个人叫苦，而是披星戴月、迎风斗雪，最终如期完成了各项建设任务。不舍昼夜的耕耘、不计辛劳的付出，铸就了惊艳世界的中国速度和中国质量，成就了冬奥盛会的精彩、非凡和卓越。

面对国家发展的需要，广大劳动者起而行之、勇挑重担，用智慧和汗水展现新时代劳动者的风采。亓传周多年来始终坚守在黄河岸边和水闸管理一线，累计精细化安全供水 60 亿立方米，放淤改良土地 60 多万亩，为当地经济发展、民生改善和黄河生态环境保护作出突出贡献；面对技术攻关压力，刘书杰潜心研究、反复实践，攻克深水钻完井技术难题，提升了我国海洋石油勘探开发能力；成红霞带领团队矢志自主创新，不断地计算、试验、改进、再试验，最终在卫星的核心部件研发中取得重大技术突破……这些"最美职工"身上，都闪耀着扎根岗位、兢兢业业的特质，他们将个人理想追求融入国家和民族的事业，成就了精彩的人生。

在岗位上发光发热，温暖也会传递给周围的人。从 2020 年年初驾驶货车往返武汉 11 次，送去蔬菜、大米、牛奶等 300 多吨物资的个体货车司机龙兵，到特大降雪后选定 10 个临街商家放置电饭煲和热饮，为外卖骑手们提供便利的外卖公司经理张硕；从把自己在工作和比赛中总结的经验毫无保留传给年轻人，带出一大批新时代技术工匠的王学勇，到帮助喀什地区英吉沙县英也尔乡荒地村 300 余名村民实现在家门口就业的吾买尔·库尔班……技能在传承中焕发新生，爱在传递中被不断放大，"最美职工"的事迹将在更多人心中种下技能报国、贡献社会的种子。

劳动是一切幸福的源泉。"最美职工"以实际行动践行了劳模精神、劳动精神、工匠精神，用干劲、闯劲、钻劲鼓舞激励广大劳动群众争做新时代的奋斗者。以他们为榜样，爱岗敬业、锐意创新、勇于担当、无私奉献，每位劳动者都能在自己的岗位上奏响创造更美好生活的劳动者之歌。

《人民日报》2022 年 6 月 6 日

浇灌汗水智慧　绘就美好生活

——2022年"最美职工"综述（上）

◎ 易舒冉

　　立足岗位、争创一流，他们不断提高技术技能水平，努力在平凡的岗位上创造出不平凡的业绩，用智慧和汗水展现新时代劳动者的风采。为大力弘扬劳模精神、劳动精神、工匠精神，讲好中国工人故事，中央宣传部、全国总工会向全社会公开发布2022年"最美职工"先进事迹。

　　扎根生产一线、投身技术攻关、做到精益求精，产业工人成为制造强国的有生力量。

　　王学勇是奇瑞汽车股份有限公司高级汽车装调工，针对整车制造过程中涉及的运行参数、底盘集成模块、电器、汽车密封等内容，王学勇梳理出一系列运行件管控方案，累计提出整改建议100余项，都经过现场实践运用。

　　作为企业"技能大师工作室"的负责人，王学勇通过产教融合培养技能人才，坚持把自己在工作和比赛中总结的经验毫无保留地传给年轻人，带出了一大批新时代技术工匠，其中高级技能人才400余名，累计申报12项专利。

胡兴盛毕业后进入中国航天科工集团二院二八三厂从事设备维修工作。随着制造业发展，拿着扳子、螺丝刀、电烙铁就能修机床的时代早已过去。故障排查、几何精度检测、运维精度检测、机床功能开发等诸多内容都需要掌握机、电、液以及光学检测一体化的综合能力。胡兴盛研发了气密检测装置，实现了工件大批量同步检测，测试效率提升300%，减轻现场作业重复劳动强度，极大地提升了企业作业效率。工作之余，胡兴盛积极参与技术技能比赛。2021年10月，他在第七届全国职工职业技能大赛中获得"数控机床装调工"赛项全国一等奖，被授予全国技术能手称号。

绿水青山就是金山银山，建设美丽中国离不开每一个人的努力。

走进山东省菏泽市黄河河务局供水局郓城供水处首席技师亓传周的办公室，专业书籍随处可见。自1989年参加工作以来，亓传周就一门心思扑在黄河水闸管理上，利用业余时间系统学习了闸门运行工、电工、机械和闸门自动化控制技术等60多册专业技术书籍，写下了近20万字的读书笔记。

亓传周牵头解决了全国多处水闸观测、启闭运行和流量测验等疑难问题，探索出有效的解决方法。近年来，亓传周紧盯黄河流域高质量发展需求，累计精细化安全供水60亿立方米，放淤改良土地60多万亩，创造经济效益过亿元，为当地经济发展、民生改善和黄河生态环境保护作出突出贡献。

云南省西双版纳的野象谷是我国唯一一个可以观测到亚洲野象及其生活痕迹的地方。西双版纳野象谷景区有限公司亚洲象救护与繁育中心经理熊朝永多年坚守岗位，钻研亚洲象生理、行为和救治工作，11年内成功辅助繁育出9头小象，参与编制《亚洲象野外救助技术规程》《亚洲象人工辅助育幼技术规范》等标准，填补了我国亚洲象保护标准空白。在熊朝永和同事的努力下，救护与繁育中心建立了亚洲象血液生化数据库，为科学救治亚洲象提供了参考依据。

历经7年艰辛努力，北京冬奥会、冬残奥会胜利举办，这其中凝结着各条战线人们的辛勤付出和智慧汗水。

2019年起，中铁建工集团北京2022年冬奥会奥运村及场馆群工程项目经理部先后承担了国家跳台滑雪中心、国家越野滑雪中心、国家冬季两项中心、张家口奥运村的建设任务，用智慧、勇气和耐心为运动员提供最佳保障。

国家跳台滑雪中心是北京2022年冬奥会张家口赛区工程量最大、技术难度最高的竞赛场馆。其顶部是个圆形，拼装的过程需要每个点都非常精细、完美闭合。中铁建工冬奥项目部经理姜秀鹏带领团队多次论证，反复推演，最终通过39根钢结构把顶部撑起来，然后安装，实现每一道工序100%合格。

面对恶劣的施工条件，中铁建工冬奥项目部里没有一个人叫苦，没有一个人退缩。大家互相扶持、互相帮助，冒着严寒施工作业。"冬奥健儿在赛场上拼搏夺金，我们的'金牌'就是让运动员们满意。"姜秀鹏说。

《人民日报》2022年5月1日

择一事、专一业，奋斗一生

——2022 年"最美职工"综述（下）

◎ 易舒冉

劳动是一切幸福的源泉。为大力弘扬劳模精神、劳动精神、工匠精神，讲好中国工人故事，中央宣传部、全国总工会向全社会公开发布 2022 年"最美职工"先进事迹。

成红霞是江苏省南京三乐集团有限公司宇航产品室主任，长期从事微波电真空器件的研制与生产工作。凭借着扎实的科研能力和攻坚克难的决心，成红霞带领团队矢志自主创新，一步步向梦想迈进。空间行波管是导航卫星、通信卫星、气象卫星的核心部件，可输出大功率微波信号，实现信号发射和地面接收。成红霞带领团队以 S 波段空间行波管为技术突破点，计算、试验、改进、再试验……夜以继日，最终取得重大技术突破。

干一行爱一行，干一行钻一行。同样是面向国家重大需求、执着攻关创新，中国海洋石油集团有限公司钻完井技术专家刘书杰攻克深水钻完井技术难题，完成了我国首个超深水油气田开发方案研究和钻完井作业。10 余年里，刘书杰潜心研究、反复实践，形成深水探井钻井设计、浅层钻井工艺及设备、钻井液和水泥浆、隔水管及井口系统、深水测试工艺五大系列 80 余项关键技术，提升了我国海洋石油勘探开发能力。

近年来，以货车司机、网约车司机、快递员、外卖配送员等为代表的新就业形态劳动者不断增多，他们在各自的岗位上发光发热，积极为社会作贡献。

龙兵是来自湖南省常德市桃源县的一名个体货车司机。2020 年年初，龙兵主动联系相关部门，申请驰援武汉。32 天里，他驾驶货车往返武汉 11 次，送去了蔬菜、大米、牛奶等 300 多吨物资。

世上没有从天而降的英雄，只有挺身而出的凡人。2002 年 12 月，龙兵参军入伍，参加抗洪抢险时，龙兵和战友们扛沙袋、堵缺口、转移被困群众，即使肩膀磨破了皮、双手起了血泡，依旧冲在一线。2021 年 6 月，龙兵光荣地加入了中国共产党。龙兵说："今后不管在哪个岗位上，只要党组织有需要，人民群众有需要，我始终会冲在最前面。"

张硕是黑龙江省鹤岗市美团外卖经理。初入外卖配送行业，他从一名普通外卖配送员做起，踏实工作、用心服务，主动琢磨如何提高业务水平。由于工作勤奋、业绩突出，张硕很快被提拔为业务主管，此后他主动破解公司招工难、与店家沟通不畅等难题，短短半年，从一名普通的业务员成为美团外卖的经理。

2021 年 11 月，鹤岗市经历了两场特大降雪，对骑手的配送工作造成了极大的影响。张硕在全市选定 10 个临街商家，放置电饭煲和热饮，为骑手提供便利。这一举动感动了很多骑手，激发了大家战胜困难的信心和决心。抗击新冠肺炎疫情期间，张硕和同事们为封闭小区和居家隔离人员配送了大量物资，为保障人民生命健康、维护社会稳定贡献了自己的力量。

中建新疆建工集团第四建筑工程有限公司技术质量员吾买尔·库尔班是一名有着 21 年党龄的党员。2017 年 3 月，他自愿来到喀什地区英吉沙县英也尔乡荒地村，加入扶贫工作队。

吾买尔用心帮扶村里的边缘户、脱贫监测户和特殊困难家庭，3 年时间，他和同事们申请了 60 多个扶贫项目，帮助村里成立了裁缝、木工、养殖等 6 个专业合作社，使 300 余名村民实现了在家门口就业。

返回原工作岗位后，吾买尔利用休息时间编制操作指南，组织技能比赛，耐心指导新同事。在他的带领下，很多人学会了电焊、切割、维修、喷漆等技能，考取了技能操作证。"无论是什么角色，唯有择一事、专一业，奋斗一生，才能无愧于平凡人生路上的每一步。"吾买尔说。

《人民日报》2022 年 5 月 2 日

以奋斗之势展最美之姿

——走近"最美职工"（上）

◎ 叶昊鸣　刘夏村

他们是广大劳动者的代表，他们是奋进新时代的典型，他们奏响了劳动最光荣的时代强音……

为大力弘扬劳模精神、劳动精神、工匠精神，讲好中国工人故事，在五一国际劳动节来临之际，中央宣传部、全国总工会向全社会公开发布 2022 年"最美职工"先进事迹。

不断创新，助推大国重器发展

"博观而约取，厚积而薄发"，这是胡兴盛自学生时代以来的座右铭。

2020 年，怀揣航天报国的崇高理想，胡兴盛放弃了其他企业优渥的待遇和薪资，加入中国航天科工集团第二研究院，在工作中展现了突出的业务能力和技术素养。短短一年间，他就分析提出、制作改进多项生产设备，为生产制造高技术、高质量、高可靠性的航天装备产品贡献力量。

研发气密检测装置、设计石墨套管自动打磨装置、改进自动化轴承涂脂设备……一项又一项技术革新实践中，胡兴盛不断提高自身创新水平与设计能力，努力实现从设计图纸到实物产品的"最后一公里"跨越，成为生产单位中技术创新方面的佼佼者和引领者。

作为南京三乐集团有限公司的一名科研技术骨干，成红霞长期从事微波电真空器件的研制与生产工作，凭借扎实的科研水平和带领团队攻坚克难的能力，成红霞勇挑重担，承担并负责了多项国家纵向课题的研制任务，先后主持或参与10余项国防重点工程配套项目研发。

实现44支正样飞行件上星在轨应用，有效保证北斗三号导航卫星定位系统全球组网任务的成功；攻克"高效率、高线性度慢波系统"等一系列关键技术瓶颈，填补公司非线性指标研制基础空白……

近年来，成红霞带领团队成功打破国外技术封锁，实现了重大技术创新、突破和关键器件的自主研制，开发出更多系列化星载用工程产品，有效满足卫星装备使用要求，为国防重点工程和重要军事电子武器系统建设作出了重大贡献。

精益求精，破解发展瓶颈难题

王学勇是奇瑞汽车股份有限公司高级汽车装调工，在他的日常工作中，技术始终放在第一位。

自2003年参加工作以来，王学勇先后攻克疑难问题321个，参与多款车型的新品试制。在整车制造过程中，他针对整车电子电器部分、动力总成和底盘部分出现的各类问题，形成了专业性框架分析机制。

在奇瑞开拓海外市场之初，由于海外员工的技能培训工作尚不完善，导致大量有问题车辆滞留在生产现场不能及时交付客户。王学勇临危受命，远赴俄罗斯加里宁格勒进行技术支持、疑难杂症判断和海外员工培训工作。经过 27 天努力，他累计解决了 600 辆汽车的疑难问题，为奇瑞汽车开拓海外市场作出贡献。

亓传周是山东菏泽黄河河务局供水局郓城供水处高级技师、首席技师。自 1989 年参加工作以来，他坚持一点一滴地学习掌握闸门运行工、电工、机械、水工制图等知识和闸门自动化控制等技术，日复一日"加油""充电"使他具备了扎实的理论功底和出色的实践能力。

工作 30 多年来，亓传周始终坚守在黄河岸边和水闸管理一线推动"科技治河"。他对"制动器快速调整法"绝招绝技的运用，使制动器三项调整由原先的十几分钟缩至 76 秒完成；"同步开启、分级提升操作法"在水闸启闭作业中的应用，确保了闸门对称启闭，有力保障了水闸工程安全。

多年来，亓传周紧盯黄河流域高质量发展需求，结合地方经济发展用水实际，累计精细化安全供水 60 亿立方米，放淤改良土地 60 多万亩，创造经济效益过亿元，为当地经济发展、民生改善和黄河生态环境保护作出了突出贡献。

勇于担当，带领群众谋求幸福

张硕是黑龙江省鹤岗市南山区准时达代送物品服务店（美团

外卖）的经理，当他看到家乡部分务农人员生活困难甚至被列为贫困户、低保户时，心怀乡村振兴梦的他，与乡政府共商贫困户就业问题，有针对性地开展帮扶，解决招工难的同时帮助很多乡亲提高收入。

张硕深知企业发展的同时更要承担社会责任。在抗击新冠肺炎疫情期间，他号召并带领骑手不惧严寒酷暑，加班加点提供民生物资，激发了大家团结一心、战胜困难的信心和决心，为鹤岗市抗击疫情作出了卓越贡献。同时，积极参与公益事业，以初心践行使命。

吾买尔·库尔班是中建新疆建工集团第四建筑工程有限公司的一名技术质量员。2017 年，响应党和国家号召，吾买尔·库尔班来到喀什地区英吉沙县英也尔乡荒地村，紧盯村里的边缘户、脱贫监测户和特殊困难家庭，通过解决就业、发展产业、政策兜底等措施，帮助 829 名贫困村民脱贫致富。

吾买尔·库尔班还建立了导师带徒传帮带制度，成为 30 名少数民族务工人员口中的老师，带领他们从农民成长为产业工人，成为弘扬劳模精神创新创效的"带头人"。

吾买尔·库尔班的朴实善良，使他成为助力脱贫致富的"贴心人"；他的真诚热情，使他成为培育产业工人的"领路人"。但他却说，无论是什么角色，唯有择一事忠一事，才无愧于平凡人生路上的每一步。

新华社北京 2022 年 4 月 30 日电

以奋斗之势展最美之姿

——走近"最美职工"（下）

◎ 叶昊鸣　刘夏村

劳动是一切幸福的源泉，劳动是一切梦想的起点。

为大力弘扬劳模精神、劳动精神、工匠精神，讲好中国工人故事，在五一国际劳动节来临之际，中央宣传部、全国总工会向全社会公开发布 2022 年"最美职工"先进事迹。

"象爸爸"与"象儿女们"的二三事

他叫熊朝永，是西双版纳野象谷景区有限公司亚洲象救护与繁育中心的一名兽医师，17 年来与同事们照顾着 150 余头野生亚洲象，成为拯救濒危物种、保护自然环境的"象爸爸"。

这不是一份简单的工作。在西双版纳的热带雨林中，工作人员要克服湿热气候和蚊虫对身体带来的伤害，还要在照料野象时面对它们随时可能发起的攻击。

为了野象"然然"更好地康复，他冒着可能受伤的危险，毅然解掉了固定在它四肢上的铁链，最终获得了"然然"的信任；为救助脾气暴躁的野象"昆六"，他冲锋在前，险些葬身于象脚下，最终与大家齐心协力，成功对其进行了施救……

参与建立亚洲象血液生化数据库、探索总结亚洲象救助方法和经验、培养亚洲象保护事业后备人才……17 年来，熊朝永用自己的热情与执着，持续传递着保护生物多样性、推动人与自然和谐相处的"正能量"。

"秉承初心，能源报国"

"秉承初心，能源报国"，这是中国海洋石油集团有限公司钻完井技术专家刘书杰职业生涯的真实写照。

1997 年年底，刘书杰加入中国海油。凭借一股拼劲儿，他带领团队在关键领域取得一系列科技创新和技术进步，系统构建了中国海油海上油气田前期研究钻采技术体系。

与海结缘以来，刘书杰心里始终对南海有着牵挂。

南海油气资源量高达 350 亿吨，但其中 70% 在深水，限于技术原因，我国此前无法实现南海深水油气资源自主勘探开发。

迎难而上，刘书杰通过 10 余年技术攻关与实践，形成了深水探井钻井设计、浅层钻井工艺及设备等共计五大系列、80 余项关键技术。随后，他带着相关技术奔赴南海，开始进行中国首个自营深水气田——"深海一号"超深水大气田钻完井作业。

作为钻完井工程总指挥，刘书杰坚持靠前指挥，成功支撑 11 口超深水井钻井作业。

2021 年 6 月 25 日，建党百年前夕，"深海一号"大气田顺利投产，受到社会各界广泛关注。

刘书杰在平凡岗位上默默奉献，为我国海洋油气高效勘探开发作出突出贡献，用创造性的实践和丰富的智慧谱写着新时期的劳动者之歌。

没有从天而降的英雄，只有挺身而出的凡人

个子不算高，身形不算魁梧，乍看之下，龙兵就是一个普通的退伍军人。但他朴素的外表下，藏着一颗冲锋在前的报国心。

2020 年，新冠肺炎疫情突袭武汉，龙兵逆向而行，驾驶大货车 32 天往返武汉 11 次，为当地民众送去重要物资。

驰援武汉，对于他来说，算是一种偶然，但了解他的人都知道，这是符合他行事风格的必然之举——

2019 年，脱贫攻坚战如火如荼，龙兵积极加入当地公益组织，宁愿少赚钱，也要为困难群众多做事。

2021 年 7 月，河南发生特大洪涝灾情，龙兵驾车前往河南新乡，为受灾群众送去 19 吨生活与救灾物资。

2021 年 8 月，面对多点散发的新冠肺炎疫情，他再次投身到疫情防控战中，为监测点的志愿者们送去爱心物资……

退伍不褪色，换装不换心。龙兵以实际行动诠释着一名退伍军人应尽的职责："只要党和人民有需要，我始终是冲在最前面的兵。"

冬奥赛场背后的"开路先锋"

北京 2022 年冬奥会期间，国家跳台滑雪中心（"雪如意"）凭借精彩的赛事和精美的建筑备受瞩目。这背后，离不开中铁建工集团北京 2022 年冬奥会奥运村及场馆群工程项目经理部的付出。

地处山地、气候多变、全年有效施工时间仅 6 个月……施工前，项目团队面临种种挑战。但这支 90 后为主的项目团队迎难而上，反复推演、模拟，将每道工序都做到 100% 合格，圆满完成了建设任务。

不仅是"雪如意"，国家越野滑雪中心、国家冬季两项中心、张家口奥运村也都在项目团队手中由图纸变为现实，向世界展示了中国理念、中国科技、中国速度。

工程项目三分在建，七分在管。除建设任务外，项目团队还承担着场馆的运维保障任务，除夕夜依然在寒风中默默坚守。整个冬奥会期间，项目团队用智慧、勇气和耐心提供着最佳保障。

由于出色表现，团队的项目经理姜秀鹏成了 2022 年北京冬残奥会火炬手之一，这让他百感交集："每一步都饱含着我们团队付出的泪水和汗水，每一步都非常坚实，脚下特别有力量！"

新华社北京 2022 年 4 月 30 日电

2022
最美职工

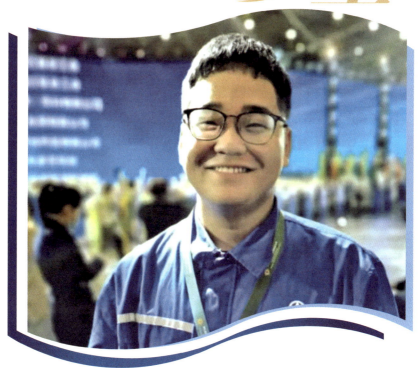

胡兴盛

技能成就精彩人生

    胡兴盛，共青团员，出生于 1999 年 4 月，毕业于山西机电职业技术学院。2020 年 5 月参加工作，成为航天科工二院二八三厂的一员。

    胡兴盛在校期间曾学习数控机床应用与维护、机电一体化相关课程，并取得了名列前茅的优异成绩。他在校期间敏学笃行、刻苦钻研，注重理论与实践相结合，扎实牢固基础知识，学以致用积极参加相关各项技能赛事；在 2018 年 10 月，获得山西省技能大赛"工业机器人技术应用"赛项三等奖；2019 年 6 月，又代表山西省参加全国职业技能大赛"数控机床装调与技术改造"赛项，并获得了全国一等奖的优异成绩；2019 年 11 月，再次获得代表山西省参加国赛的机会，在全国智能制造应用技能大赛"切削加工智能制造单元安装与调试"赛项，获得全国二等奖的优异成绩。在一次次竞赛中，他不断充实和完善自我，锻炼出远超同龄人的技能水平，成为同学们眼中的"顶尖高手"，为自己与学校争得了瞩目的荣誉和成就。

    面对这些荣誉和奖项，胡兴盛不曾有任何骄傲自满，反而更加努力进取、提升自我。学习期间，他利用一切时间加强自身能力建设，跟随指导老师扎根项目现场，开展设备维修、升级、改造等工作，将原有的老旧设备升级为数控设备，机床的数控改造方案同原定的购置新机床方案相比，可节省 60%—80% 的生产总费用；完成机床改造后，又组织进行了标准样件的试切削，按照标准制定切削程序，在操作工、测试人员配合下进行试切削，机床刚度、切削力、噪声、运动轨迹和关联动作均达到方案要求。该改进项目为相关企业节省 50% 成本支出，提升 50% 工作效率，产值增加 50%，得到了该企业领导与技术人员的一致好评。在此过程中胡兴盛不仅积累了宝贵的工作经验、强化了自身本领，还弥补了自身短板，提高了自身在项目设计细节与检验过程上的经验水平，为以后参加工作夯实了基础。

2020 年毕业后，出于航天报国的崇高理想，胡兴盛放弃了其他企业优渥的待遇，毅然决然投身航天事业，加入了中国航天科工集团第二研究院二八三厂。进入航天生产部门后，他从不沉湎于学生时代的光环，在工作中始终保持谦虚谨慎的态度，快速融入了紧张忙碌的工作环境，迅速完成从学生到技术工人的身份转换。他兢兢业业、脚踏实地，运用所学所用，在工作中创造了突出价值，展现了强大的个人能力与精诚团结的团队精神。

进入二分厂后，胡兴盛加入了以现场创新为工作中心的"创客空间"团队，在工作中展现了突出的业务能力和技术素养，不断汲取多方面知识，积累宝贵的工作经验，沉淀自己，融入团队，并迅速发展成为团队的中坚骨干。

在工作现场，他积极发挥创新能力，提出了诸多合理化建议，发挥自己的技术能力解决了大量生产工作难题，受到了领导和同事们的一致好评。依托自身现有技术，不断尝试新技术与实际工作的融合，积极投身现场工作，从总装一线了解产品总装工作中的迫切需求，认真探索总装过程中的技术难点与生产效率瓶颈点，结合现场应用、生产管理、总装工艺等多维度分析并推进研制总装的技术革新工作。在短短一年多的时间里，胡兴盛就分析提出、制作改进多项生产设备，为生产现场高质量、高效率完成贡献了自己的力量。

在与单位现场装配人员及检验人员进行充分交流、积极探索检测工作改进点之后，他又研发了气密检测装置，实现了工件大批量同步检测，测试效率大幅提升 300%，减轻了现场作业重复劳动强度。按照工艺人员提出的相应工艺需求，设计了石墨套管自动打磨装置，突破了现有打磨工序的生产瓶颈，通过无人自动打磨使得相关生产效率提升了约 80%。此外，胡兴盛还结合自身在工作中积累的经验，设计改进了自动化轴承涂脂设备，改变现有人工涂脂方式，实现了轴承的自动涂脂工作，提升了相关工序的效率，减轻工作负担，改善工作现场，保持环境整洁。一项又一项技术革新实践之中，胡兴盛不断提高自身的创新水平与设计能力，成为生产单位中技术创新方面的佼佼者。

在繁忙的工作之余，胡兴盛依然求知善读，利用碎片时间不断提升自我，积极拓展自身在各个领域上的知识水平，迎接智能制造、数字化加工等更多新型技术方向上的新挑战。他不仅积极学习他人的创新工作成果与技术方案，积极请教分厂各位前辈与工艺人员，更钻研阅读了大量相关技术书籍，以精进自身的设计与操作水平。除此之外，他还积极参与各项相关的技术技能比赛，2021 年 8 月，胡兴盛在第七届全国职工职业技能大赛北京市"数控机床装调工"选拔赛中获得第一名。2021 年 10 月,参加第七届全国职工职业技能大赛"数控机床装调工"赛项获得全国一等奖、相关赛项全国冠军,并获得了技师技能等级,被授予"全国技术能手"称号。

面对获得的诸多荣誉与奖项,胡兴盛始终保持一如既往的谦虚与清醒。在工作过程中,他始终秉承敏思好学、谦逊助人的行事原则,不仅持续精进自身的技术水平,更带动身边各位同事共同学习、不断进步,成为分厂诸多技能人员进步的榜样,同时积极组织所在的"创客空间"小组进行生产相关技能技术知识的学习与研讨。在工作中,胡兴盛也始终坚持最高标准,主动加班加点保证工作任务的高质量完成;在型号工作繁忙时期,他曾连续艰苦冲刺两个月,以最高标准完成了所负责的研制与生产任务。

"博观而约取,厚积而薄发",这是胡兴盛自学生时代以来的座右铭。回顾自身在奋斗过程中经历的每一个过程,胡兴盛感慨万千,更体会到了砥砺奋进的充实与光荣。在高强度的工

◎ 学习中的胡兴盛

作任务之下，他早已对身体上的劳累习以为常；但当他面对内容庞杂、难度极高的工作任务之时，心中却又充满了兴奋与干劲——对胡兴盛而言，多年的学习就是为了在这样关键的岗位上积极攻关、创造价值。这不仅是他自我实现的方式，更是他航天报国、实干兴邦崇高理想的直接体现。从同样负责技能工作的同事，到部门内负责工艺技术的相关人员，再到管理人员及部门领导、各位同事都对胡兴盛做出了极高的评价、给予了充分的肯定。他始终坚持扎根一线，围绕科研生产中心任务，广泛参与各类技术创新和技术攻关活动，利用自身所学，创新加工方法，总结加工经验，进行技术攻关，突破瓶颈，啃下一个又一个"硬骨头"，成了企业急难险重任务的"急先锋"。

2022 年以来，胡兴盛进一步积极投身生产技术攻关，继续在生产一线发挥着更加重要的作用。在 2022 年度的相关荣誉评选活动中，他以优异的技术水平、诸多的荣誉奖项与同事们的大力举荐，获得了全国五一劳动奖章的评选资格。这份荣誉对于胡兴盛而言不仅是对他工作技能水平的肯定，更是对他在企业杰出贡献的充分肯定。

载誉归来，胡兴盛继续全身心投入到工作中去，努力丰富经验，更深入地学习专业技术知识。作为一名航天工作者，他努力实现从设计图纸到实物产品的"最后一公里"跨越，为生产制造高技术、高质量、高可靠性的航天装备产品提供有力保障。在"中国制造 2025"的大背景下，胡兴盛积极契合国家大力发展工业信息化、自动化、智能化，实现企业从"制造"向"智造"新突破的相关政策理念。作为本部门"创客空间"工作团队的主力成员，他针对自身特点与能力，有针对性地开展了相关内容和技术的学习，力争在软件智能制造方案上取得更多的进展与突破，助力实现部门生产过程的信息化、智能化，积极开展搭建智能化设备一站式智能制造系统的相关研发工作。

面对广阔的发展前景，胡兴盛还将不断努力探索和学习，继续发扬耐心细致、追求极致、精益求精的新时代工匠精神，立足岗位，积极作为，为集团高技能人才培养贡献力量。他立志成为一名真正的"大国工匠"，并将以为航天事业作出自身贡献为终身奋斗的目标。

全国总工会宣教部供稿

航天科工集团二院某厂数控维修工胡兴盛

——23 岁工匠拿下全国冠军

◎ 何梓源　李　乔

全国五一劳动奖章、全国职工职业技能大赛"数控机床装调工"赛项全国冠军、"全国技术能手"荣誉称号……看着胡兴盛获得这么多重量级荣誉，很难想象他是一名年仅 23 岁的青年工匠。

年纪轻轻的为何能在高手如云的全国技能赛场上斩获桂冠，为何能获得全国五一劳动奖章？这些问题，可以从胡兴盛的学习和工作经历中找到答案。

大学期间，胡兴盛主修数控机床应用与维护、机电一体化的相关课程，除了认真学习课本知识外，他还十分注重理论与实践的结合，在校期间经常参加行业内的比赛。

2018 年 10 月，胡兴盛参加了山西省技能大赛"工业机器人技术应用"赛项，获得三等奖；2019 年 6 月，他代表山西省参加全国职业技能大赛"数控机床装调与技术改造"赛项，获得了全国一等奖；同年 11 月，在全国智能制造应用技能大赛"切削加工智能制造单元安装与调试"赛项中，他又获得全国二等奖。

这些比赛经历，不仅将胡兴盛的专业技能磨砺得更扎实，也坚定了他刻苦求学、努力钻研的信念。

大学毕业后，怀着对航天事业的热爱与向往，胡兴盛来到航天科工集团二院某军工厂工作。入职当年，他报名参加了"振兴杯"全国青年职业技能大赛。

本想一展身手的他，却挨了当头一棒——距离顶尖高手，他还是差一截，最终比赛失利。一旁的带教师父看他垂头丧气的样子，语重心长地说："越是重复性的手艺活，越要沉住气，持之以恒地刻苦练习。"

师父的话让胡兴盛陷入沉思，过去只想取得荣誉的他，忽视了专业技能基础训练。从那以后，胡兴盛静下心来，钻研专业书籍、反复锤炼功底、摸索实操技巧……日复一日的勤学苦练，让他的技术日渐娴熟，技巧掌握也越来越到位。

"从哪里跌倒，就要从哪里爬起来。"一年后，胡兴盛再次报名参赛。备战期间，他经常与教练组交流经验方法，制订了详细的训练计划。那段时间，胡兴盛几乎天天铆在车间里，白天练实操，晚上学理论，一周一次全项模拟赛，日程安排得很紧凑。

最终，胡兴盛获得大赛"数控机床装调工"赛项冠军，被授予"全国技术能手"荣誉称号。

持续努力付出，换来了此次成功夺冠。当荣誉光环加身，年轻的胡兴盛没有沉迷其中，而是保持清醒头脑："荣誉代表过去，未来还须再接再厉。"

他开始在创新的赛道上重新出发。过去打磨石墨套管，工匠要根据每个石墨套管孔位的实际深度，采用普通砂纸手工磨削调整——既耗时费力，又存在安全隐患。胡兴盛仔细思考：如何才能改进传统石墨套管打磨方式？

没有经验可循，胡兴盛只能"摸着石头过河"。一次次尝试、一次次改进，胡兴盛终于找到了一种金刚石磨具——不仅磨削稳定性好，耐磨寿命还很长。此外，针对磨削过程中的粉尘问题，他利用3D打印技术加以解决，效果十分明显。

此后，胡兴盛又研制出自动化轴承涂脂设备，改变了现有人工涂脂方式，实现轴承的自动涂脂工作，极大提升了工作效率。

"这些荣誉，对我是一种激励。"胡兴盛信心满怀地说，"党的二十大报告指出，当代中国青年生逢其时，施展才干的舞台无比广阔，实现梦想的前景无比光明。我相信自己一定能在这里建功立业，实现人生价值。"如今，胡兴盛加入工厂创客团队，刻苦钻研工艺方法、持续开展科技创新，在奔向科技强军目标的轨道上，奋力奔跑、加速腾飞。

《解放军报》2022 年 11 月 21 日

技能"后浪"摘金的秘诀

◎ 赖志凯

"年纪这么小就取得这么好的成绩，真是年轻有为呀！"这是胡兴盛这两年听到最多的夸赞。

面对夸赞，胡兴盛总会不好意思地挠挠头，娃娃脸上露出笑容：眼睛眯成一条缝，憨厚中露出一丝羞涩。

2021 年，年仅 22 岁的胡兴盛获得第七届全国职工职业技能大赛"数控机床装调工"赛项全国冠军，成为中国航天科工二院二八三厂最年轻的全国技术能手。2022 年，他又被授予全国五一劳动奖章，并被评为"最美职工"。

变被动学习为主动提升

1999 年 4 月，胡兴盛出生在山西介休，父母都是普通职工。"我小时候不爱说话，成绩一般，总是在家闷着。"胡兴盛回忆道。

18 岁那年，中专毕业的胡兴盛在一个小工厂里打工，和一个老师傅一起干活，师傅用他自己的经历劝他回学校上学。胡兴盛听了师傅的建议，进入山西机电职业技术学院，主修电子电气应用与维修和数控技术专业。

学校光荣墙上贴着好多学长的光荣事迹，里面有全国劳模、"大国工匠"、全国技术能手。"榜样的力量是无穷的。"胡兴盛说，在技校注重实践的浓厚氛围里，自己心态发生了转变，"以前是被动学习，不知道为什么而学，后来'开窍了'，想通过主动学习证明自己。"

在校期间，胡兴盛努力提升技术锤炼自己，并多次参与各类技能大赛，取得多项优异成绩：2018 年 10 月，参加山西省技能大赛，获得三等奖；2019 年 6 月，代表山西省参加全国职业学校技能大赛，获得全国一等奖；2019 年 11 月，参加中国技能大赛，获得全国二等奖。

就这样，在一次次竞赛中，胡兴盛不断充实和完善自己。父母也欣喜地看到胡兴盛身上的变化：变得越来越自信、开朗、爱笑。胡兴盛也成了"别人家的孩子"，越来越优秀。

◎ 为了比赛认真训练的胡兴盛

操作要领"长"进骨头里

平日里不善言辞的胡兴盛，总是面带一丝羞涩。但只要谈到"数控"二字，胡兴盛便滔滔不绝。

2020年从学校毕业后，胡兴盛放弃高薪的私企，毅然选择了航天事业，就职于航天科工二院。那年5月，刚入职不久的他参加了航天科工集团数控机床装调维修工的比赛，但并没有取得好成绩。"这给了我当头一棒，说明我的技术还不够娴熟。"胡兴盛很快找到了自己的不足。

喜欢挑战，不喜欢乏味；敢于面对挑战，善于攻克难题；享受解决问题的过程，遇到问题反而更有斗志，这就是胡兴盛不断进步的原因。

"身边优秀的'技能大咖'时刻影响着我。"胡兴盛所在的二八三厂有一支高技能人才队伍，他们中有的获得过全国五一劳动奖章，有的已是"大国工匠"。这让胡兴盛羡慕不已，更增添了技能成才、航天报国的动力。

2021年8月，经过一年的沉淀后，胡兴盛参加了第七届全国职工职业技能大赛"数控机床装调工"赛项。赛前和教练对每一个赛点详细分析、参考历届理论试题整理几千题的题库、定制训练计划利用好每一分钟……白天，在教练辅导下训练实操项目；晚上，他常常自我加压，学习理论知识到凌晨。

两个月集训，历经成百上千次的练习，操作要领已经"长"进了胡兴盛的骨头里。最终在大赛数控机床装调维修工实操试题第二部分，胡兴盛得到了裁判"全场最规范"的高度评价，一举夺冠。

"技术的提升永远没有终点"

大赛告一段落后，胡兴盛重返岗位，从初级工连跳 3 级，升为技师。"技术的提升永远没有终点，对我来说，一切才刚刚开始。"他说。

在二八三厂第一个智能化生产车间，自动装配的机械臂、自动识别的测量仪、可按轨迹运行的传送机器人以及 20 米高的存储运输库，都听凭胡兴盛所在的 8 人小组指挥。不同于传统意义上的班组和工作室，这个小组被命名为"创客空间"团队，除了点检、排除机器运行故障，更重要的是迭代更新智能化产线，根据实际需求发明创造。

在现场，胡兴盛总是能快速发现生产需要和创新点，他不断进行技术革新，为提升现场工作效率，研制了多项设备——石墨套管自动打磨装置，突破现有生产瓶颈，实现无人自动打磨；自动化轴承涂脂设备，改变现有人工涂脂方式，实现轴承的自动涂脂工作，缩减人力 5 人；质量质心设备，改变现有测量模式，减少了人力资源的浪费……

如今，胡兴盛在繁忙的工作之余，仍利用碎片时间，加强学习努力提升，迎接新的挑战。

胡兴盛说，他有个心愿：不断取得新成绩，给父母更多惊喜。"未来我希望能不断掌握前沿知识和技术进展，争做高技能人才，继承耐心细致、追求极致、精益求精的新时代工匠精神，成为'大国工匠'，为航天事业、国防事业作出更大的贡献。"

《工人日报》2022 年 5 月 5 日

2022 最美职工

成红霞

把"北斗"航天当作毕生奋斗的事业和目标

    成红霞是南京三乐集团有限公司的一名科研技术骨干,她长期从事微波电真空器件的研制与生产工作,先后主持或参与 10 余项国防重点工程配套项目研发,2015 年开始主持公司各频段空间行波管研制,取得突出成绩。

    科研成果在业内取得重大技术突破,主持负责配套北斗导航三号组网卫星空间行波管研制,填补国内空白;实现 44 支正样飞行件上星在轨应用,工作稳定可靠,有效保证了北斗三号导航卫星定位系统全球组网任务的成功。

    空间行波管是导航卫星、通信卫星、气象卫星以及侦测卫星中的核心部件,可输出大功率微波信号,实现信号发射和地面接收。针对空间行波管长期被国外垄断的被动局面,成红霞带领团队不惧重重困难,以 S 波段空间行波管为技术突破点夜以继日地攻关。通过大量的仿真计算、试验、改进、再试验等,取得重大技术突破。

    一是在落后国外 20 年、落后同行 10 年的情况下,带领团队成功研制出国内首支 S 波段空间行波管，所交付的产品装备在北斗卫星上于 2015 年 7 月随星发射升空，在轨开机、工作正常，至今已实现在轨工作 80 余月，填补了国内该频段空间行波管的空白。该产品的研制成功标志着公司在空间行波管的研制与生产领域争得了一席之地，打破了关键器件受限于国外的被动局面，实现了重大技术创新、突破和星载关键器件自主研制。二是带领团队研制的 L 波段空间行波管产品性能达到国内领先、国际先进水平。研制的 S、L 波段空间行波管产品可直接替代国际上同类产品。三是产品在用户处验收、调试、联调、集成等过程中表现良好，产品性能和可靠性得到用户充分肯定。尤其是产品效率、螺流水平在同行中表现突出，在影响导航信号测距精度质量的关键指标如群时延波动、相移波动等方面，提升了卫星整体测距精度，得到了卫星总体及用户单位的充分肯定，实现了 44 支空间行波管产品在轨应用且工作稳定，为 2021 年实现北斗三号导航定位系统全球组网奠定坚实基础，在保障国家重点工程任务成功中发挥了重要作用。

科研创新取得良好经济效益，组织完成配套北斗工程用产品交付用户 L、S 波段系列化产品 70 余支，北斗工程成为器部件国产化率最高的型号工程，南京三乐集团有限公司成为国内空间行波管主要供应商，创造经济效益 25286 万元。

虽然起步较晚，但在短短几年间，成红霞带领团队通过攻关与努力，产品性能和可靠性均得到稳步提升。作为项目负责人，成红霞组织完成配套北斗工程用产品交付用户 S、L 波段系列化空间行波管正样飞行产品 70 余支，北斗三号卫星实现了从立项之初的"进口主份、国产备份"方案到空间行波管的"全国产化"目标转变，也是目前器部件国产化率最高的型号工程，她所在公司也成为目前国内空间行波管主要供应商之一，且供货稳定。攻克高效率、高线性度慢波系统设计和非线性测试测量等关键技术瓶颈。经过近几年的推广使用，该技术已应用于 8 个老产品的生产，10 个新产品的研制，2015—2020 年为企业带来的经济效益高达 3 亿元。

创新设计理念，带领团队攻克高效率、高线性度慢波系统等一系列关键技术瓶颈，填补了公司非线性指标研制基础空白。成红霞创新螺旋线行波管设计理念，研制新型渐变慢波系统，带领团队快速突破了慢波系统的设计与工艺实现瓶颈，创新提出衰减控制并进行筛选，解决了制约空间行波管高效率与非线性指标难以兼顾的难题，星载类微波器件产品性能和可靠性得到稳步提升。

该关键技术成果为其他型号空间行波管及其他各种真空器件新品的研制，提供了丰富的理论基础和工艺方法，目前已被推广于各种通信卫星用空间行波管以及弹载、机载等地面类行波管产品上，取得了较好的示范作用，推动了公司微波器件研发设计能力的进一步提高。该成果于 2018 年被评为江苏省十大职工科技创新成果奖。

成红霞凭借扎实的科研能力和带领团队攻坚克难的定力，勇挑重担，承担并负责了多项国家纵向课题的研制任务。在国家科技专项项目申报、立项论证、项目研制过程中充分发挥了共产党员敢拼、敢干、勇于拼搏的精神，争取科研经费达 1.3 亿元，完成了"十二五"第二代卫星导航系统专项、"十三五"国家科技专项课题验收，同时承担了"十四五"某级脉冲空间行波管、某波段 120W 空间行波管辐冷空间行波管等国家重点科研任务。这些项目的支持，进一步提升了公司在空间行波管设计、制造、测试、可靠性保障等方面的能力，为低轨星座等星载用系列化空间行波管研制打造了坚实平台。

空间频谱资源的抢占和卫星通信容量需求的不断增加，导致对高频率行波管的需求日益迫切。随着我国航天事业的快速发展，某毫米波段空间行波管正全面应用于航天系统，而固态器件的快速发展，也推动着空间行波管向更高频率、更高功率和更高效率方向发展。

2021年，成红霞带领团队在通信卫星等工程用空间行波管研制、可靠性改进提升方面开展了大量工作，先后完成某波段100W辐射冷却空间行波管、某波段60W空间行波管等产品鉴定和交付工作，为企业争取到总计55支正样产品订单，2022年形成批量产品交付，为空间行波管可持续发展开辟出了新的道路。

2022年，面对更高频率、更高功率的空间行波管研制难度大、国内基础相对薄弱等问题，成红霞迎难而上，带领团队在高效率收集极、高精度对中、小尺寸长寿命阴极等诸多关键技术上进行创新研制。项目的研制可解决星间链路高通量通信传输问题，可进一步提升未来通信卫星容量，对中国通信卫星器件的自主发展具有深远影响，具有较强的科学价值和军事价值。

成红霞带领团队研制的空间行波管成功打破了国外的技术封锁，实现了重大技术创新、突破和关键器件的自主研制，对我国北斗组网卫星的全面国产化工作作出了重要贡献。近年来，她带领团队开发出更多系列化星载用工程产品，产品可靠性大幅提升，有效满足卫星装备使用要求，为国防重点工程和重要军事电子武器系统建设作出了重大贡献。

全国总工会宣教部供稿

用"匠心"为北斗卫星"导航"

◎ 黄洪涛

2020年6月23日9时43分，北斗三号最后一颗全球组网卫星在西昌卫星发射中心成功发射。

"那一刻，感觉所有的付出都是值得的。"回想起来，成红霞仍感到自豪。

成红霞是隶属于中国电子熊猫集团的南京三乐集团有限公司电子器件研究所宇航产品室主任、工程师，主要从事卫星核心器件——空间行波管的研发工作。她带领团队突破关键技术，研制的多支产品装备在北斗卫星上，不间断地为全球各地传送导航信号。不久前，她被授予全国五一劳动奖章，并获评"最美职工"。

36岁的成红霞，用娇小的身躯挑起科研攻关重担。她的笑容像一抹红霞，说起话来干脆利落、掷地有声。

初生牛犊不怕虎

2010年，成红霞从西安电子科技大学应用物理专业毕业，进入南京三乐集团工作，被分配到空间行波管课题组。

空间行波管被称为"真空电子器件最后的前沿"，是卫星通信系统的关键核心器件，可输出大功率微波信号。"它就像一个信号的放大器，让几万公里高空外的卫星信号能够保质保真，实现卫星发出信号的放大和转发。"成红霞解释说。

当时，成红霞所在公司已经开发研制了一些应用在地面环境中的行波管产品，但还没有研发过应用在卫星空间领域的行波管产品。对于空间行波管研制，公司在技术力量和配套条件上较为缺乏，在理论设计和工艺方面基础薄弱。对于是否要投入空间行波管研制，还存在一些争议。产品研发过程不仅要投入巨大的精力，还要投入庞大的资金，一旦开始

◎ 科研中的成红霞

就没有退路。为此，公司前前后后开了 3 次论证会，才下定决心。

"当初有股'初生牛犊不怕虎'的闯劲儿。"成红霞说，当时并没有想太多，只觉得心中有一团火，"不管多难，先干了再说，不干怎么知道行不行呢？"课题组的研发项目是国家需要的重点工程配套项目，研发出的产品可能会被应用于北斗卫星导航系统，每每想到这里，成红霞就充满了动力。

不爱红装爱武装

为实现核心技术自主研发，成红霞和团队开始了艰难的技术攻关。

"空间领域与地面截然不同，地面产品使用几年可以更换，但应用在卫星上的产品至少要有 10 年的寿命。"这就要求做出来的产品必须是长寿命、高可靠性的。

面对技术难度要求极高的空间行波管，成红霞和团队不惧重重困难，以某波段空间行波管为技术突破点，夜以继日地攻关、设计、制作、试验，终于研发出了首支产品。

然而，产品交到用户手上，却出现了质量问题，这意味着之前的研发试验要推倒重来。此时，已经过去 6 个月，留给他们的时间只有 4 个月了。

"不能轻言放弃，一定要做出来！"成红霞和团队不分昼夜地试验、计算、仿真、改进，终于在任务节点前交付产品。2013 年，团队研制的首支 S 波段空间行波管成功交付。2015 年 7 月，这支行波管随北斗卫星发射升空，在轨开机、正常工作后，成红霞终于松了一口气。

产品取得阶段性成功，成红霞才有时间考虑个人问题。

2014 年，成红霞和爱人已经订好了婚期，几次准备去拍婚纱照，都因工作一推再推，两人商量后决定推迟婚期。

瓶颈问题解决了，产品如期交到用户手上，公司在食堂为他们办了一场简单而温馨的婚礼。"婚礼虽然推迟了一年，幸福却加倍了。"回忆起来，成红霞满是甜蜜。"中华儿女多奇志，不爱红装爱武装。"成红霞很喜欢这句诗，她深爱着自己的深蓝色工作服，深爱着这份空间行波管研发事业。

上下同欲者胜

随着空间行波管研发的顺利推进，研发团队从最初的几个人慢慢扩大到如今的 70 余人，成红霞也逐渐从团队的学习和参与者，成长为领队人。

"上下同欲者胜"，回想这一路走来，她深感离不开团队的帮助和家人的支持。一次，团队研发的产品在试验中出现故障，大家一时间束手无策，想到求助一位已经退休的老专家。老专家虽已年过古稀，但听说后二话不说，连夜坐火车奔赴试验现场，和大家一起查找故障原因，商讨解决对策。"这种精神，深深地鼓舞了团队里的年轻人。"

成为领队人后，成红霞仍吃住在集体宿舍，和大家打成一片。她想，要带好一个团队，必须要冲在前面。大家坚定目标，在共同攻关的过程中培养出患难与共的感情，相互支撑、相互鼓励，剑锋所指、所向披靡。

成红霞的爱人和她是同事，她负责设计研发，他负责工艺生产。夫妻二人不仅在工作中相互配合，生活中也互相照顾。做产品研发，加班加点是常有的事，在技术攻关的关键时段，连续通宵是常有的事。有时，成红霞加班，爱人就在办公室沙发上等她，给团队准备夜宵。

如今，成红霞团队已经总计交付北斗卫星用空间行波管几十支，其中多支产品长期在轨应用，工作稳定。

2022 年大年初二，成红霞就在实验室里忙碌起来了，她要带领团队开展更高频段通信卫星用空间行波管的研制。这几天，新产品研发又进入了关键阶段，成红霞没有时间沉浸在过去的成绩，转身投入到新的战斗中去了。

《工人日报》2022 年 5 月 6 日

一根"筷子"四两拨千斤，她让北斗信号更清晰

◎ 余梦迪　宁工萱

研制的产品有效保证北斗三号导航卫星定位系统全球组网任务的成功；攻克高效率、高线性度慢波系统等一系列关键技术瓶颈，填补公司非线性指标研制基础空白……这些成绩都来自全国五一劳动奖章获得者、全国"最美职工"、南京三乐集团有限公司宇航产品室主任成红霞及其团队。

初见成红霞，给人的第一印象就是温婉娇小，笑容像一抹红霞。她说起话来干脆利落、掷地有声。谁能想到眼前这个才36岁的女子早已挑起了公司科研攻关重担。她带领团队突破卫星核心器件——空间行波管制造的关键技术，研制的多支产品装备在北斗卫星上，不间断地为全球各地传送导航信号。

在南京市总工会主办的"建功'十四五' 奋进新征程"南京市职工科技创新成果展上，也展示了成红霞及其团队的创新成果——高效率、高线性度慢波系统技术研究，这项应用于北斗卫星的成果

还荣获 2020 年江苏省科学技术三等奖。

成红霞告诉记者，高效率、高线性度慢波系统技术研究主要应用于空间行波管，而空间行波管是导航卫星、通信卫星等平台的核心部件，可输出大功率微波信号，实现信号发射和地面接收。成红霞主要负责研发该系列产品，她解释道："它就像一个信号的放大器，让几万公里高空外的卫星能够保质保真，实现卫星发出信号的放大和转发。"

记者看到，这个装置外观很小，最小的大概一根筷子的长短，重量约一斤。而它却承载着 30 多个科研攻关指标。成红霞介绍："此前我们单位开发的产品多用于地面，从未研制过空间应用领域的产品。在研发初期，我们就是第一个吃螃蟹的人，完全没有任何参照，几乎是蹚着水过河。"

"空间领域与地面截然不同，地面产品使用几年可以更换，但应用在卫星上的产品至少要有 10 年的寿命，一旦哪个部件坏掉，在空间是无法更换的。"这就要求做出来的产品必须是长寿命、高可靠性的。

每每想到研发出的产品可能会被应用

◎ 生活中的成红霞

于北斗卫星导航系统，成红霞就充满了动力。

功夫不负有心人，她主持团队负责配套北斗导航三号组网卫星空间行波管研制，有效保证了北斗三号导航卫星定位系统全球组网任务的成功，对我国北斗组网卫星的全面国产化工作作出了重要贡献。

"中华儿女多奇志，不爱红装爱武装。"成红霞很喜欢这句诗。而神舟十三号航天员王亚平就是她的偶像，更是目标。她还说："能够获得这些荣誉，我是幸运的。所做工作能够受到大家的肯定，这对于我和团队来说都是鼓励。"

最近，成红霞带领团队又开展了更高频段通信卫星用空间行波管的研制。她期待，早日高质量完成任务，也给女儿摘一颗星星回来。

《南京日报》2022 年 5 月 24 日

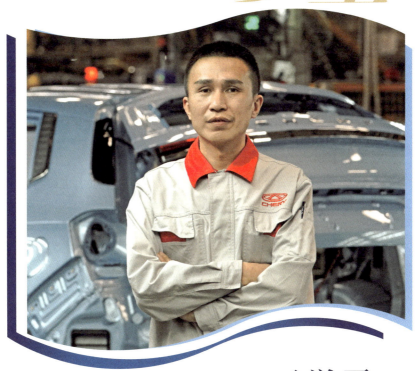

王学勇

螺栓里拧出的"匠心"

    王学勇，1985年6月出生，本科学历，现任奇瑞汽车股份有限公司高级汽车装调工。2003年参加工作至今，他先后在全国、省市技能赛事中获得5项大奖，被汽车行业授予操作技术能手、最美汽车人等称号，被评为第四届全国装调工大赛金牌导师、全国青年岗位能手标兵；荣获省学术和技术带头人后备人选、江淮杰出工匠、安徽工匠、省战略性新兴产业技术领军人才等称号，享有国务院特殊津贴。他爱岗敬业，无私奉献，以匠心精神感染着身边的人，在平凡岗位上唱响敬业之歌。

技艺精湛，示范作用显著

    自主创新是奇瑞发展战略的核心，在奇瑞匠心打造卓越品牌的企业愿景下，王学勇始终将技术放在第一位，攻克疑难问题321个，参与东方之子、瑞虎3、瑞虎7、瑞虎5X、星途LX和全新瑞虎7等10多款车型的新品试制。王学勇擅长整车工艺和装配、电路、发动机、变速箱、底盘及内饰返工调整，在四轮定位、大灯检测、尾气分析及淋雨试验过程中积累了丰富经验，在整车质量问题解决、控制和售后问题中，总结出了一套独特的分析和解决方法。

在整车制造过程中，王学勇针对整车电子电器部分、动力总成和底盘部分出现的各类问题，形成了专业性框架分析机制；同时，利用工余时间不断学习提升，精通整车四轮定位、灯光检测以及轮毂转毂设备；此外，他对生产现场出现的各类问题也能够很快进行系统分析并锁定原因，能够及时制定相应的解决措施。他组织参与梳理 21 项运行模块管控方案，涵盖了设备运行参数、底盘集成模块、电路模块、动态检测线、液体加注模块、返工实操体系、汽车关键零部件装配工序、生产环境温度管控、汽车制冷模块、力矩、汽车密封淋雨检测、整车面漆保护等模块，方案运行过程中累计提出 100 余项问题整改意见，大幅提升产品质量和工作效率，获得公司认可。

他身体力行推进奇瑞"六个一"工程（我为公司献一策、我为大家上一课、我为大家做一件好事、我把效率提高一秒钟、我为公司节约一分钱、我给大家露一手），经常给车间和公司工艺技术部门建言献策，提出了很多建设性意见。尤其在参与整车试制项目验证工作中，他主动提出改进类问题多达千余项，缩减了工时，并将车间 22 线新品投产预算人员由原来的 432 人减少到现在的 330 人，直接缩减人工费用 350 万元；生产效率节拍由原来的 163 秒 / 车，提升到现在的 98 秒 / 车；大幅度地降低了单车制造成本，在生产动能和材料方面累计节约费用达 236 万元，减少设备投资达 126 万元。2021 年，配合新车型批量生产，推动产品的三化实施和整车工艺优化，降低生产线工位工时 1000S，节约人工成本 160 余万元。

服务全局，促进奇瑞国际战略落地

打造国际一流品牌是奇瑞的战略发展目标。在无内不稳、无外不强发展理念的推动下，奇瑞从成立之初就注重开拓国内、国际两个市场，积极实施"走出去"战略，成为我国第一个将整车、CKD散件、发动机以及整车制造技术和装备出口至国外的轿车企业。在奇瑞开拓海外市场之初，由于海外员工的技能培训工作没有完善，导致大量有问题的车辆滞留在生产现场不能及时交付客户，王学勇临危受命远赴俄罗斯加里宁格勒，对奇瑞公司俄罗斯 SKD 工厂进行技术支持、疑难杂症的判断和海外员工的培训工作。经过 27 天的努力，累计解决 600 辆车所有的疑难问题，受到公司领导一致好评，为奇瑞汽车成功占领俄罗斯市场立下汗马功劳。

2017 年，他再次受奇瑞国际公司委托，远赴伊拉克，为了新瑞虎 3 在伊拉克公司生产线顺利生产，他和当地"奇瑞人"一起经过40 多天艰苦奋战，完成了生产线的工艺布置；并与伊拉克工程师共同完成了全部的现场作业文件，最终实现了新瑞虎 3 在伊拉克量产；此外，王学勇还完成了其售后服务技术人员培训，确保新瑞虎 3 在伊拉克也能得到优质的售后服务。如今，奇瑞深入推进全球化布局，加快从产品"走出去"、技术和工厂"走进去"到品牌"走上去"的升级转变。通过实施产品战略、属地化战略和人才战略不断加深海外市场的深层次合作，努力将奇瑞汽车打造成为具有全球影响力的国际品牌。

建立大师工作室，授人以渔，传道解惑

技能人才是促进产业升级，推动高质量发展的重要支撑。王学勇深深知道企业员工技能水平直接影响产品质量和企业品牌。为此，他在 2013 年就成立了调试线返工小组，并担任培养汽车装调复合型高级技工人才主讲师。2016 年，奇瑞备战全国第四届汽车装调工大赛，王学勇担任 2.0 以下组培训指导工作，由其所带领的 4 名学员全部获得优异成绩。其中徒弟齐金华获得一等奖，并获得操作技术能手称号；徒弟张俊杰、闫孝辉双双获得二等奖，并获得操作技术能手称号；徒弟张小俊获得三等奖。王学勇本人被大赛组委会授予金牌导师称号。

2017 年，调试线返工小组升级创建技能大师工作室，王学勇被任命为技能大师工作带头人。在此期间他编写了大量的学习课件和工艺文件，其中《电路返工指导书》成功出版填补了奇瑞汽车在电路维修和整车电路培训方面的教材空白；为解决企业新工人实操技能零基础问题、克服野蛮操作等不良习惯，实现技能水平快速提升，满足企业用工需求，王学勇参与研发出总装专业新员工实操技能实训场，模拟汽车部件装配基础技能七大手法，综合提升 8 项技能，目前已成功投入使用，年培训量达 2000 多人，为总装专业新员工快速适应奠定基础；同时针对高技能工开发新瑞虎 7 全车电器实训台、瑞虎 7 自动变速箱实训台等进行故障的读取与排查、模拟实车故障；通过工作室培养中高级技能人才 400 余名，其中高级工以上 78 人；先后带徒 37 人，其中，徒弟齐金华荣获安徽省劳动模范、郑昆龙荣

◎ 王学勇在培训员工装配技巧与技能

获安徽省青年岗位能手、王浩荣获芜湖市五一劳动奖章等，2020年，王学勇的工作室也被授予安徽省技能大师工作室。目前已累计申报专利12项，其中发明专利7项，实用新型专利2项，3项专利正在申报中。

王学勇结合产教融合教学模式培养新型技能人才，坚持把在工作和参加国家赛事上的经验毫不保留地传教，并带出了一大批新时代技术工匠，为促进奇瑞继续秉持匠心打造卓越品牌的愿景贡献力量。

全国总工会宣教部供稿

练就听声诊断的"金耳朵"

◎陈 华 唐 姝

在安徽芜湖的奇瑞汽车股份有限公司（以下简称"奇瑞公司"）总装车间，不直呼其名，而以"王大师"相称，是同事对有着过硬技术的王学勇表达敬意的方式。车间里流传着他的故事："如果是连王大师都解决不了的疑难杂症，那就只能反馈给研发部门，进行产品优化了。"

作为一名高级汽车装调工，王学勇从2003年参加工作至今，多次在全国、省市技能赛事中获奖，荣获全国青年岗位能手标兵、江淮杰出工匠、安徽工匠等称号。不久前，他又荣获"最美职工"称号。

听声诊断

王学勇所在的总装二车间里盛传，"王大师"练就一对"金耳朵"，能听声诊断，通过车辆行驶或部件运行时发出的异响，就能判断车辆的故障点。

初来乍到的新员工王恒有点不相信，有那么神吗？

一次，王恒和同事们在调试新品时发现了轻微的异响。由于声音很轻，又只在特定路况时才出现，因此排查了很久也没找到故障点。"只能请王大师出马了。"王学勇到现场后，很快识别出故障点在组合仪表盘附近。

"事后证明，他的判断非常正确。"王恒心服口服，开始跟着王学勇"学艺"。"无论是浅显的问题，还是有难度的问题，随时随地都可以请教，他都特别有耐心，手把手地操作讲解。"王恒语气里满是佩服。

在王学勇看来，"自己无非就是干得多了，在日复一日的积累中增长了经验"。

王学勇不是在车间，就是泡在实操技能实训场里，反复摸索、模拟实车故障。曾经，他把整辆车全部拆开，拆下的零件占了半个房间。一个零件一个零件地比对、排查，不断打磨技能。

在安徽无为老家，以开摆渡船为业的父亲经常自己维修发动机。王学勇耳濡目染，有时候，父亲让他搭把手，递些工具，他都觉得很幸福。此后，他在学校选择汽修专业，毕业后进入奇瑞公司总装车间。

刚到奇瑞公司时，王学勇在底盘工段做装配工。被全国五一劳动奖章获得者许小飞一眼看中，挑选进入装调小组。

发动机变速箱合装，每天重复几百次的同样动作，枯燥乏味。但许小飞发现，王学勇干得起劲，不偷懒、不耍滑头。2011 年，王学勇参加全国第三届汽车装调工职业技能竞赛，在 SUV·MPV 组别斩获个人竞赛一等奖，并荣获技术操作能手称号。

不说"不行"

在车间主任郑杰与王学勇共事十几年的记忆里，一年 365 天，王学勇从来没有因私事向他请过假。对于公司交派的任务，王学勇也从没说过"不行"。

2007 年，公司开拓海外市场之初，俄罗斯 SKD 工厂出现大量有问题的车辆滞留在生产现场，不能及时交付客户，急需总部派人提供技术支持。王学勇被选中时，只问了一句："我什么时候出发？"

王学勇回忆说，刚去俄罗斯的时候，当地工人一看派来个二十几岁的小伙子，有些不信任。当地工人反馈传动轴护套频繁破损没有解决方案。经过反复观察，王学勇发现方向盘转动左右转向角不一致，导致传动轴护套受挤压容易破损。他当场拆解了一台车的方向盘，手动调整了方向盘位置并重新校正了四轮定位。

当地工人没有这样的经验。王学勇便当起他们的临时师父，传授经验，指导当地工人方向盘转角对接技能。传动轴护套磨损的问题迎刃而解。

2017 年，王学勇临危受命远赴伊拉克，和当地员工一起经过 40 多天艰苦奋战，完成了生产线的工艺布置，最终实现新瑞虎 3 在伊拉克的量产，还完成了售后服务技术人员培训工作。

在王学勇眼里，只要不怕苦不怕累，就没有解决不了的问题。这种韧劲和敬业精神，让他为企业梳理出 21 项运行模块管控方案，提出 100 余项问题整改意见。

扎根一线

最近一段时间，王学勇忙于新品的试制，一辆辆地调试样车，做出"诊断"，排障解难。为了顺利实现量产，他在生产线上盯着工人将上万个零件装配成整车，确保每一个螺丝、每一根线都精准无误。

十几年来，王学勇一直这样扎根在生产一线，他不善言辞，甚至有点木讷，只有在讲技术的时候，才活跃起来。

"很沉得住气。"王恒说，遇到难题，王学勇总是不急不躁，动手钻研，直到问题解决才罢休。许小飞觉得，王学勇的这份沉稳，源自他对岗位的尊重和执着。

王学勇带领 4 名学员参加 2016 年全国第四届汽车装调工大赛，一人获得一等奖，两人获得二等奖，一人获得三等奖，他本人则被大赛组委会授予金牌导师称号。

《工人日报》2022 年 5 月 7 日

全国"最美职工"王学勇：匠心守护民族汽车品牌

◎ 高飞跃

全国五一劳动奖章，全国"最美职工"，享受国务院政府特殊津贴……王学勇的身上有着许多闪光的标签。

这位奇瑞汽车股份有限公司的高级汽车装调工，扎根一线19年，用匠心守护着民族汽车品牌。

"听声音就能精准判断故障点，简直神了！"在奇瑞的车间里，有关王学勇"金耳朵"绝活的神话广为流传。

"并没有那么神，就是熟能生巧而已。我对汽车这个行业充满兴趣，真正钻了进去，做得多了，技术也就上来了。"王学勇说。

2003年6月，刚毕业的王学勇进入奇瑞公司总装车间实习。发动机变速箱合装是一项枯燥乏味的工作，但王学勇十分卖力，工作中一旦遇到问题，他加班到深夜也要解决。

"真的是'拼命三郎'，当初正是看中了他这股韧劲，才挑选他进入装调小组。"王学勇的师父、同样也是全国五一劳动奖章获得者的许小飞谈起爱徒，竖起了大拇指。

功不唐捐！经过刻骨钻研，2011 年，王学勇参加全国第三届汽车装调工职业技能竞赛，在 SUV·MPV 组别斩获个人竞赛一等奖，并荣获技术操作能手称号。

在总装期间，王学勇先后参与东方之子、瑞虎 3、瑞虎 7 等 10 多款车型的新品试制，在整车工艺和装配、电路、发动机、变速箱、底盘及内饰返工调整上，练就了一身好技艺。

◎ 王学勇在公司举办的售后技能大赛中执裁

在参与整车试制项目验证工作中，王学勇主动提出千余项改进建议。将车间新品投产预算人员由 432 人减少到现在的 330 人，直接缩减人工费用 350 万元；生产效率由原来的 163 秒 / 车提升到 98 秒 / 车，大幅度降低了单车制造成本，在生产动能和材料方面累计节约费用 236 万元，减少设备投资 126 万元。

在奇瑞开拓海外市场之初的 2007 年，由于海外员工的技能培训工作没有完善，部分海外 SKD 工厂出现大量有问题的车辆滞留在生产现场，不能及时交付客户，急需总部派人提供技术支持。

彼时的王学勇，尽管年龄不过二十出头，但已是车间里独当一面的技术骨干。面对公司领导的询问，王学勇只问了一句："我什么时候出发？"

在随后的一个月时间里，王学勇在俄罗斯加里宁格勒累计解决600辆车的"疑难杂症"，并圆满完成培训工作。

扎根一线19年，王学勇不仅使自身专业技能突飞猛进，还尽全力把工匠精神传承下去，带出了许多技术骨干。

"对待我们，师父总是倾囊相授，十分用心。"徒弟王存峰在2020年的汽车维修工高级技师考试中败北，后经王学勇3个月的辅导，补考终于顺利通过。

"这项考试通过率很低，本来我已经不抱希望了。是师父一直鼓励我，每天下班后抽出时间辅导我，才有了后来的成功。"王存峰说。

2013年，王学勇成立调试线返工小组，后升级为技能大师工作室，多年来，该工作室培养中高级技能人才400余名，其中高级工以上78人，累计申报专利12项。徒弟齐金华荣获安徽省劳动模范、郑昆龙荣获安徽省青年岗位能手、王浩获得芜湖市五一劳动奖章……

"我希望能和我的工作室团队一起，成为中国最好的汽车产业工人，让中国自主品牌汽车的口碑越来越响！"在王学勇看来，一辈子扎根一个行业，踏踏实实把这一行干好、干精，就是对工匠精神的最好诠释。

人民网安徽频道 2022 年 5 月 26 日

2022 最美职工

亓传周

精益求精，弘扬劳动精神
为落实黄河战略建功立业

　　亓传周，1971 年 6 月出生，中共党员，山东菏泽黄河河务局供水局郓城供水处高级技师、首席技师。享受国务院政府特殊津贴，曾荣获全国技术能手、国家技能人才培育突出贡献个人、全国水利行业首席技师、山东省首席技师、黄河水利委员会首席技师、齐鲁工匠、山东省富民兴鲁劳动奖章等称号。连续 3 届被水利部聘为全国水利行业水工闸门运行工首席技师，现受聘为山东水利技师学院技能导师。

　　近年来，亓传周积极响应习近平总书记号召，抢抓黄河流域生态保护和高质量发展重大国家战略机遇，以助力黄河治理保护事业高质量发展为导向，持续强化科技领域研究力度，不断将最新科技创新成果应用于水闸运行管理、水量调度、供水安全和水文测验等实际工作，并取得了良好效果，有力践行了让黄河成为造福人民的幸福河的伟大号召。同时，亓传周紧紧把握山东省总工会加强技能人才队伍建设的有利契机，2019 年成功入选齐鲁工匠，并建立了齐鲁工匠创新工作室，借助平台广泛开展创新人才压茬培养、创新经验交流推广，推动黄河精神、创新精神、工匠精神在平凡岗位、伟大事业中得以传承和发扬。

勤学善思，勇攀技能高峰。为更好地服务治黄事业发展，开展好引黄供水工作，自 1989 年参加工作以来，亓传周就坚持一点一滴地学习掌握闸门运行工、电工、机械、水工制图等知识和闸门自动化控制等技术，几十年如一日的"加油""充电"使其具备了扎实的理论功底和出色的实践能力。学习中，他勤于思考、善于总结，将自己积累的知识不断在实践中验证提升，并编成了一本本手册，被广泛应用到水利行业；比赛中，他沉着应战，在 1997 年黄委会举办的闸门运行工技术比武中勇夺第一名，被授予黄委技术能手，破格晋升为技师，被选派参加水利部举办的第一届全国水利行业职业技能大赛，并取得优异成绩；工作中，他迎难而上，牵头解决了全国多处水闸观测、启闭运行和流量测验、引水流量计算等疑难问题，并针对引黄涵闸远程监控系统的现地站管理模式问题和远程监控系统闸门启闭安全保护技术以及水闸的控制运用等进行深入分析研判，逐步探索出一套解决方法，并在国内重要学术期刊上相继发表了《浅谈引黄涵闸远程监控系统的现地管理》《闸门启闭安全保护技术分析》《水闸的控制运用》等多篇技术论文，为相关领域补短板、强弱项提供了坚实的理论基础和成熟的经验借鉴。

攻坚克难，服务高质量发展。工作 30 多年来，亓传周始终坚守在黄河岸边和水闸管理一线，将毕生心血凝聚在"科技治河"上，通过理论联系实际，把自己所学知识技能充分应用到防汛抗旱和水闸工程管理中，创造性提出了系列水闸运行技术——"感官判断启闭设备故障法"，通过眼看、耳听、手摸、鼻闻的方式判断机械故障；"制动器快速调整法"绝招绝技的运用，使制动器三项调整由原来的十几分钟缩至目前 76 秒完成；"同步开启、分级提升操作法"在水闸启闭作业中的应用，确保了闸门对称启闭，改善了过闸流态变化和闸门振动，有力保障了水闸工程安全，其管理的水闸多次被评为黄委会工程管理示范工程。多年来，亓传周紧盯黄河流域高质量发展需求，紧密结合地方经济发展用水实际，充分把握当前和长远的关系，助推地方党委、政府坚决打赢打好黄河生态保护修复攻坚战。累计精细化安全供水 60 亿立方米，放淤改良土地 60 多万亩，创造经济效益过亿元，为当地经济发展、民生改善和黄河生态环境保护作出了突出贡献。在 2021 年黄河秋汛防洪工作中，亓传周充分发挥党员先锋模范作用，24 小时坚守防汛巡查一线，不畏艰险、风雨兼程，编制水闸分（泄）洪方案，指导水闸分（泄）洪，因工作成绩突出，荣获菏泽黄河秋汛洪水防御工作先进个人。

科技创新，提升管理效能。创新是时代的要求，更是亓传周不变的追求。多年来，他将最新科技创新成果应用于水闸运行管理、供水安全、黄河生态保护等方面，完成技改项目 30 余项，其中获国家专利 13 项，获科技进步奖、"火花奖" 26 项，为服务黄河流域生态保护和高质量发展提供了技术支撑。为了对引水量进行精确的计量，经过潜心研究，他利用网络技术，对单位引黄闸测流设施进行技术改造，水文缆道智能测流系统的研制实施，在测流中得到广泛推广应用，集测、报、整、算为一体的全自动测流，真正实现了远程测控。近年来，根据引黄涵闸远程监控系统现地管理现状，他积极开展的引黄涵闸远程监控系统现地管理模式的研究、XF-A 悬浮直立水尺的研制项目在供水生产中都得到广泛应用，被水利部列入了2018年度水利先进实用技术重点推广指导目录；黄河泥沙智能取样器、黄河悬移质沙样数据自动采集处理系统，实现了悬移质沙样处理数据的数字化管理，沙样处理操作流程的自动化、机械化，获山东黄河科技进步一等奖、黄委科技进步三等奖；研制的自动智能型测深杆利用了压力传感原理和数据解算技术，测深杆传感器与电子显示屏相互结合，智能化程度高，轻便坚固，电子显示测量数据精确，获山东黄河科技进步三等奖；研制的涵闸启闭机钢丝绳养护器，解决了人工养护钢丝绳劳动强度大、效率低，工作过程中存在人身安全隐患的问题，不仅节约了资金、减轻了劳动强度，而且降低了工作的危险性，提高了钢丝绳的使用年限。科技创新项目经转化推广应用，产生了500万元的经济效益，社会效益显著。

春晖四方，培育技能人才。为积极响应培养更多高素质技术技能人才、能工巧匠、大国工匠号召，为国家水利事业培育更多技能人才，亓传周深入推进高技能技术人才培养工程。近年来，经亓传周工作室培育的水工闸门运行工技能人才累计达2758人，其中，高技能人才579人，27人次荣获技术能手、首席技师等称号，真正使"一枝独秀"绽放为"春色满园"。

亓传周于2012年建立全国水利行业水工闸门运行工首席技师工作室。他带领技术团队的19名成员，广泛开展技术交流、技术攻关和技术创新活动，解决关键性生产难题，促进科技成果转化。工作室采取"师带徒"传帮带、脱产培训等多种方式，传授绝招绝技，并开展职业技能培训，组织多种形式的职业技能竞赛、多渠道加快培养水闸管理的闸门运行高技能人才；多次在水利行业高技能人才培训班上，参加"首席技师技术技能创新案例分析与经验交流"分享创新经验等活动。他编写的《闸门与启闭机的运行》《闸门的自动控制》《水闸电器原理及故障》等教材被黄委会、山东河务局指定为水工闸门运行工技能培训教材。2015年10月，黄委会举办了第三届闸门运行工职业技能竞赛，亓传周工作室培训的山东局9名同志全部进入前10名；2018中国技能大赛——第六届全国水利行业水工闸门运行工职业技能竞赛上，经他培训的黄委会和山东省5名选手分别获得第二、第三、第六、第八、第十名，工作室团队成员吕鹏、许向洋被授予全国技术能手荣誉称号。一些刚走上闸门运行工工作岗位的年轻人，经过工作室系统的理论和技能培训，因参加技能竞赛取得优异的成绩，被破格晋升为技师，并逐步成长为各水闸管理单位的技术骨干。

2019年五一劳动节前夕，齐鲁晚报·齐鲁壹点、黄河报·黄河网微信公众号分别以《母亲河畔三十载　铸就最美工匠心》和《初心不忘报国事　此生甘做治水人》为题，对亓传周荣获山东省富民兴鲁劳动奖章事迹进行宣传报道；2020年7月30日，黄河报·黄河网微信公众号又以《小闸室里的大工匠》为题，对亓传周事迹进行宣传报道。自此，亓传周已成为展现黄河精神、大河工匠精神的一面旗帜和折射一代代治黄工作者扎根黄河、奋斗拼搏精神的一扇窗口，同时，也激励着亓传周矢志不渝为山东黄河治理保护事业高质量发展、为建设造福人民的幸福河再立新功、再谱新篇。

全国总工会宣教部供稿

守护黄河安澜的"守闸人"

◎ 田国垒　王胜利　张天宇

"黄河平，天下宁。"山东郓城县，裹挟万千泥沙的黄河东行至此，留下了一道长约 34 公里的河道。闸门启闭，守护黄河安澜。亓传周是其中一名"守闸人"，作为菏泽黄河河务局供水局郓城供水处首席技师，他扎根黄河岸边 33 年，护闸管水，与洪水赛跑，与风浪搏击，保证闸门正常运转。

参加工作至今，亓传周先后获得全国技术能手、国家技能人才培育突出贡献个人、全国水利行业首席技师、山东省首席技师、黄河水利委员会首席技师、齐鲁工匠、山东省富民兴鲁劳动奖章等荣誉，享受国务院政府特殊津贴。2022 年 4 月，亓传周又获评"最美职工"，并获得全国五一劳动奖章。

守　护

工程防洪、灌溉等效益的发挥，关键在闸门的启闭，而亓传周的工作就是护闸管水。"我父亲是黄河河工，我是地地道道的'黄二代'。"亓传周说，自己从小就住在黄河边。

"闸门启闭高度决定了水量的多少。"亓传周介绍说。在长时间的水闸工程管理中，他创造性地提出了一系列水闸运行技术——"感官判断启闭设备故障法"，通过眼看、耳听、手摸、鼻闻的方式判断机械故障；"制动器快速调整法"绝招绝技的运用，使制动器三项调整由原来的十几分钟变成目前最快 76 秒完成；"同步开启、分级提升操作法"在水闸启闭作业中的应用，确保了闸门对称启闭，改善了过闸流态变化和闸门振动，有力保障了水闸安全。

泥沙含量是维护水闸运行的一项重要数据，这项数据需要依靠泥沙取样器取样，经化验分析，得出含沙量数据。老式泥沙取样器要 3 个人才能操作，费时费力。亓传周一点点摸索，用了近一年时间，成功设计出全新的智能泥沙取样器，泥沙取样工作一个人就可以完成。

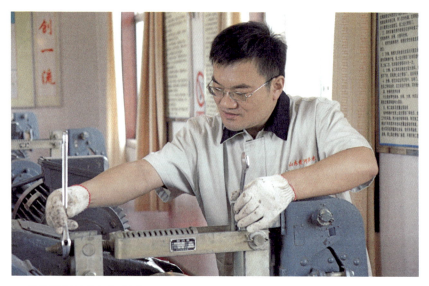

◎ 亓传周调整启闭机制动器

目前，亓传周已完成技改项目 30 余项，其中获国家专利 13 项，获科技进步奖、"火花奖" 26 项，为服务黄河流域生态保护和高质量发展提供了技术支撑。亓传周还将精细化管水用到黄河生态保护上来。多年来，他和同事累计安全供水 60 亿立方米，放淤改良土地 60 多万亩，带来经济效益超亿元。

攻　克

除了日常运维，对亓传周而言，最忙的日子在汛期。2021 年 10 月的一天，受上游降雨影响，黄河遭遇罕见秋汛，苏阁引黄闸洪峰过境。夜黑雨急、水况不明，亓传周和同事披上雨衣，开始巡视闸门。平常半小时走完的路程，他们当天走了足足一个小时，"得比平时检查得更仔细些"。

直至当年秋汛结束，亓传周一直坚守在防汛一线。凭借对水势的精准判断，连续多年圆满完成黄河汛期调控工作。

他高超的业务能力源自勤学苦练。从 1989 年参加工作起，亓传周就坚持学习掌握闸门运行工、电工、机械、水工制图等知识和闸门自动化控制等技术，几十年如一日，他拥有了扎实的理论功底和出色的实践能力。

在 1997 年黄河水利委员会举办的闸门运行工技术比武中，亓传周获得第一名，被授予技术能手，破格晋升为技师，被选派参加水利部举办的第一届全国水利行业职业技能大赛，并取得优异成绩。这一年，亓传周年仅 26 岁。

随后的日常工作中，他牵头先后解决了全国多处水闸观测、启闭运行和流量测验、引水流量计算等疑难问题，并针对引黄涵闸远程监控系统的现地站管理模式问题和远程监控系统闸门启闭安全保护技术以及水闸的控制运用等进行深入分析研判，逐步探索出一套解决方法。

近年来，为了对引水量进行精确的计量，亓传周利用网络技术，对单位引黄闸测流设施进行技术改造，水文缆道智能测流系统的研制实施，在测流中得到广泛推广应用，集测、报、整、算为一体的全自动测流，实现了远程测控。

传　授

凭借在闸门运维工作中取得的突出成绩，从 2012 年到 2021 年，亓传周连续 3 届被水利部聘为水利行业闸门运行工首席技师，并被山东水利技师学院聘为技能导师。

为尽快提高单位职工队伍的技术技能素质和创新能力，亓传周当起了"领头雁"，通过"师带徒"传帮带等方式，组织多种形式的技能竞赛，多渠道、分层级加快培养水闸管理的闸门运行高技能人才，形成"雁阵形"技能人才队伍。2012 年，全国水利行业水工闸门运行工首席技师工作室正式成立。

亓传周介绍，工作室采取"师带徒"传帮带、脱产培训等多种方式，传授绝招绝技，并开展职业技能培训，组织多种形式的职业技能竞赛、多渠道加快培养水闸管理的闸门运行高技能人才。截至目前，经工作室培育的水工闸门运行工技能人才累计达 2758 人，其中，高技能人才 579 人，27 人次获评技术能手、首席技师等。

2015 年 10 月，黄河水利委员会举办第三届闸门运行工职业技能竞赛，亓传周负责培训的山东黄河河务局 9 名选手全部进入前 10 名。在 2018 中国技能大赛——第六届全国水利行业水工闸门运行工职业技能竞赛中，他培训的黄河水利委员会和山东省的 5 名选手分别获得第二、第三、第六、第八、第十名，工作室成员吕鹏、许向洋被授予全国技术能手荣誉称号。

《工人日报》2022 年 5 月 8 日

亓传周：扎根黄河岸边的"最美职工"

◎ 田国垒　葛红普

2022 年五一前夕，山东菏泽黄河河务局供水局郓城供水处高级技师亓传周被中华全国总工会授予全国五一劳动奖章，同时荣获由中宣部、中华全国总工会共同举办、发布的全国"最美职工"称号。

51 岁的亓传周，在基层闸管所一干就是 30 多年。他从一名普通水闸工一步步成长为全国技术能手、国家技能人才培育突出贡献个人、全国水利行业首席技师、山东省首席技师……面对一系列荣誉，亓传周只是淡淡地说："我没想过那么多，只想着如何把手里的工作做得更好。"

参加工作之初，亓传周也是个"门外汉"。由于专业技能欠火候，他深感知识的匮乏已跟不上岗位操作要求，但责任心强的他，暗下决心，一定要尽快入门，不拖后腿，于是走上了自学之路。

白天，亓传周跟着师父学，晚上挑灯跟着书籍学，海量的学习笔记见证了他从"门外汉"到"大工匠"的成长之路。通过自学，亓传周先后系统掌握了闸门运行工、电工、机械、水工制图等知识和闸门自动化控制等技术。同时，他将自己所积累的知识梳理整编成了一本本手册，成为系统内学习的实用"教材"。

为了对引水量进行精确的计量，经过潜心研究，他对单位引黄闸测流设施进行技术改造，利用网络技术，集测、报、整、算为一体的全自动测流，真正实现了远程测控，既节省了大量人力、物力，又减少了人为误差，实现了涵闸测流、资料整编的自动化。

此外，在水闸室的一方舞台上，亓传周还探索水闸管理最新技术，独创了"感官判断启闭设备故障法""同步开启、分级提升操作法""电器故障快速检修法""制动器快速调整法"等独特的先进操作方法，在水利行业被广泛推广，并被应用于供水生产领域，产生了巨大的经济效益和积极的社会效益。

1997 年，亓传周在黄河委员会举办的闸门运行工技术比武中夺得第一名，被授予黄委技术能手，由初级工破格晋升为技师，并参加了水利部举办的第一届全国水利行业职业技能大赛；2001 年被聘任为水工闸门运行工高级技师。

菏泽是黄河"入鲁第一市"，苏阁引黄闸则是黄河菏泽段第八个引黄闸，承担着当地引黄供水、农业用水任务。工作至今，亓传周始终坚守在黄河岸边和苏阁引黄闸管理一线，将毕生心血凝聚在"科技治河"上，把自己所学的知识技能充分应用到防汛抗旱和水闸工程管理中。

2021 年秋季，黄河中下游发生新中国成立以来最严重秋汛。一时间，黄龙翻腾，浊浪滚滚。"洪水不退，我们不退！"在迎战秋汛的一个多月中，亓传周和同事们吃住在大堤上，每两小时巡查一次大堤，编制水闸分（泄）洪方案，指导水闸分（泄）洪。因工作成绩突出，亓传周荣获菏泽黄河秋汛洪水防御工作先进个人。

2022年3月，苏阁引黄闸开闸放水，拉开引黄春灌供水序幕。为科学合理用好黄河水，精细调度水量，亓传周经过潜心研究，利用网络技术，对苏阁引黄闸测流设施进行技术改造，为服务黄河流域生态保护和高质量发展提供了技术支撑。

尽管获得荣誉无数，在同事、徒弟和同行心目中，亓传周始终是受人尊敬的"亓老师"。2012—2016年，亓传周连续两届被水利部聘为水利行业水工闸门运行工首席技师，作为首席技师工作室的领头人，他带领技术团队19名成员，开展技术交流、技术攻关和技术创新活动，解决关键性生产难题，促进科技成果的转化。

◎ 亓传周（右）在校测引水流量

近年来，经亓传周工作室培育的水工闸门运行工技能人才累计达2758人，高技能人才579人，其中27人次获得技术能手、首席技师等称号。

"参加工作 30 多年来，我只是在平凡的岗位上干了普普通通的工作，只要水闸工程需要我一天，我就在这里坚守一天。"亓传周表示。

《工人日报》2022 年 5 月 6 日

2022 最美职工

刘书杰

创新托起能源梦，
南海深处写春秋

刘书杰，1966 年生，中共党员，博士研究生，教授级高工，中国海洋石油集团有限公司钻完井资深技术专家，从事钻完井技术研究和管理工作 33 年，带领团队在海洋浅层钻井、油气井完整性、高温高压、深水等重大专业技术领域与前期研究方面取得突出成果，大力推动"卡脖子"技术攻关，解决了制约海洋钻完井领域部分基础性、普遍性及特殊复杂领域重大技术难题，经济社会效益显著，为我国海洋油气高效勘探开发作出了突出贡献。

从大漠走向蓝疆，他用"诚心"追求卓越

1989 年走出象牙塔，23 岁的刘书杰满怀石油报国之心，一头扎进广袤的新疆戈壁滩，从一名钻井工开始，投身油气勘探开发中最艰苦的钻完井事业。1997 年年底，他加入中国海洋石油总公司，从广袤大漠到蔚蓝海疆，战场变了，但对待工作敢打敢拼不怕吃苦的

态度却始终未变。面对紧张繁重的方案设计和技术攻关工作，凭借一股拼劲，他带领中海油研究总院钻完井设计团队完成国内前期研究 233 项、海外技术支持 188 项，设计钻完井投资 2826 亿元，通过在海洋浅层钻井、深水、高温高压、井筒完整性等领域取得的科技创新和技术进步，实现方案源头降本超过 230 亿元。系统构建了中国海油海上油气田前期研究钻采技术体系，成为业内首屈一指的钻完井专家。但与海结缘以来，在他的心里，始终有着一片牵挂，那就是南海。

从常规走向禁区，他用"恒心"攻坚克难

南海油气资源量高达 350 亿吨，是我国能源的重要接替区。但南海是全球唯一同时聚集了高温高压、深水、复杂断块三大世界级钻完井技术难题的海域，一度被业界认为是勘探开发禁区。南海莺琼盆地高温高压地层环境恶劣，我国海洋石油对外合作期间，英国石油、壳牌、雪佛龙等 6 家国际石油公司曾在该区域钻井 15 口，由于钻井事故频发，耗资 49 亿元均未实现钻探目的而退出。依托国家及集团公司科技攻关项目，刘书杰带领团队创建了海上高温高压钻完井设计技术体系，创建了基于多源多机制压力精确预测的海上高温高压安全钻井技术，钻井成功率 100%；首创了多级屏障井筒完整性技术，解决了环空带压的世界级难题；创新形成了海上高温高压钻井综合提速和储层保护技术，使平均钻井周期由 150 天降至 45 天。该套技术整体处于国际先进水平，其中 3 项技术处于国际领先水平，项目成果安全高效。实施了 52 口高温高压井作业，完成了我

国海上首个高温高气田群——东方 13 气田群钻采方案研究工作，安全高效实施了东方 13-2 气田钻完井作业。项目工期提前 570 天，成功入选 2020 年央企十大创新工程。其成果获 2017 年国家科技进步奖一等奖，其团队获评国家科技创新团队。

从浅水走向深海，他用"匠心"打造传奇

无独有偶，南海油气资源的 70% 在深水，但由于我国深水钻完井起步晚，关键技术长期被国外石油公司垄断，无法实现南海深水油气资源自主勘探开发。刘书杰针对深水钻井技术难题，通过 10 余年技术攻关与实践，形成深水探井钻井设计、浅层钻井工艺及设备、钻井液和水泥浆、隔水管及井口系统、深水测试工艺共计五大系列 80 余项关键技术，使我国海洋石油勘探开发能力有了质的飞跃。随后，他带着完备的技术体系奔赴南海，来完成举世瞩目的中国首个自营深水气田——"深海一号"超深水大气田钻完井作业。作为钻完井工程总指挥，他密切关注作业动态，不放过任何一个施工细节，多次前往平台亲自指挥，成功支撑了 11 口超深水井钻井作业，最终项目工期提前 305.6 天、节约投资 13.8 亿元、降本 314%、产能提高 22.3%，从设计到施工，从理论到实践，圆满完成了我国首个自营深水大气田——"深海一号"的建设。2021 年 6 月 25 日，建党 100 周年前夕，"深海一号"大气田顺利投产，受到了社会各界的广泛关注，收到了来自习近平总书记的贺信。习近平总书记在信中叮嘱大家，加快进军深海步伐，为保障国家能源安全、建设海洋强国不懈奋斗，为实现中华民族伟大复兴的中国梦作出新的更大贡献！截至 2022 年

2月底，该气田累计生产天然气12.03亿立方米，生产凝析油13.36万立方米，目前气田安全生产状况平稳有序，源源不断为海南岛和粤港澳大湾区提供优质天然气。

从追赶走向领跑，他用"雄心"实现抱负

面对"十三五"期间取得的优异成绩，刘书杰异常清醒，马不停蹄地牵头制定了南海深水、高温高压油气钻完井重点领域"十四五"科技发展战略规划，同时将目光聚焦到天然气水合物开发、南海中南部勘探开发支持保障、"双碳"形势下的钻完井技术、受国外制约的"卡脖子"装备及技术等前瞻性领域，为后续南海油气资源开发绘就了一张张技术路线清晰、关键节点明确的高质量发展蓝图。随着国内外政治形势不断变化，刘书杰敏锐地意识到必须自主发展我国深水钻完井装备和技术，才能彻底摆脱西方国家可能对我国深水油气开发技术的封锁。在他的带领下，先后开展了水下井口、水下采油树、水下应急封井器、钻完井废弃物处置等"卡脖子"关键装备的国产化攻关。2021年，水下井口、采油树等装备已在南海成功实施海试作业，相关成果被中央电视台等主流媒体广泛报道，极大推动了我国深水钻完井关键装备国产化进程，有效保障了我国深水能源安全。

从量变走向质变，他用"丹心"精忠报国

作为行业享有盛名的"大咖"，他行事低调，身后却是一长串

沉甸甸的成果和荣誉，他是中国海油资深技术专家，享受国务院政府特殊津贴，获集团公司首届唯一突出科技贡献奖、2020年全国创新争先奖状，入选国家百千万人才工程、海南省"千人专项"，获评有突出贡献中青年专家、全国石油石化优秀科技工作者等荣誉称号。先后获国家科技进步一等奖1项、国家技术发明二等奖2项、省部级奖27项，发明专利41件，发表论文150余篇，出版专著8部，发布国际标准2部、行标1部、企标7部。为推动钻完井专业学科发展、海洋油气增储上产和我国海洋石油工业技术进步作出了突出的贡献。作为团队带头人，他非常重视人才培养，带领湛江、海南分公司钻完井团队获得集团公司基层示范党支部、有限公司钻完井工程质量奖、井控安全奖、标杆奖等荣誉，团队多名员工获得中央企业青年岗位能手、孙越崎青年科技奖等称号，为我国南海油气勘探开发培养了一批有思想、敢担当、善创新、精技术的技术研究与工程实践人才。

◎ 刘书杰（右二）在国产水下采油树组装测试现场

为贯彻落实习近平总书记建设海洋强国，加大深海油气资源勘探开发力度的重要批示精神，刘书杰斗志昂扬，再次带领团队参与到我国南海的又一个深水、高温高压气田陵水 25-1 气田开发项目的工作中。与"深海一号"大气田开发建设一样，陵水 25-1 气田同样是中国海油建设南海万亿大气区，支持海南自贸港建设的重要"落子"。依托"深海一号"大气田、陵水 25-1 气田等重点项目，把南海建成我国重要的清洁能源基地，为更好地保障我国能源安全迈出更大步伐。

秉承初心，能源报国。刘书杰一直把加快南海油气资源勘探开发作为祖国赋予他的神圣使命。在他的身上闪烁着争创一流、艰苦奋斗、淡泊名利、甘于奉献的时代精神，生动诠释了社会主义核心价值观。33 年来，他在平凡岗位上默默奉献着自己，用创造性的实践和丰富的智慧谱写着新时期的劳动者之歌。

全国总工会宣教部供稿

向深蓝进发的钻井"大咖"

◎ 赖书闻

中海石油（中国）有限公司海南分公司总工程师（钻完井）刘书杰，从事钻完井技术研究和管理工作 33 年，是行业内享有盛誉的"大咖"。

他曾带领中国海油钻完井设计团队完成国内前期研究 233 项、海外技术支持 188 项，设计钻完井投资 2826 亿元，通过在海洋浅层钻井、深水、高温高压等领域取得的科技创新和技术进步，实现方案源头降本超过 230 亿元，并带领团队多次实现关键核心技术国产化突破。

"养成"资深技术专家

在钻井行业里，公认最具有挑战性的是海上钻井。1997 年，刘书杰从大漠转战海上开展钻完井研究工作，工作难度大幅增加。特别是在我国起步较晚的深水钻完井领域，当时的设备、技术等都要依靠国外。

"核心技术是学不来的。"刘书杰说，国家在相关技术和设备上的一穷二白，深深触动了他。

没有人教，就自学。刘书杰从设备的图纸开始，反复演练，进行图纸推算。经过多年的技术攻关和实践，刘书杰带领团队形成了五大系列 80 余项关键技术，让我国海洋石油勘探开发能力有了质的飞跃。

2021 年 6 月 25 日，"深海一号"大气田顺利投产，刘书杰带领团队圆满完成了我国首个自营深水大气田的建设。在此期间，刘书杰多次前往平台指挥，支撑起 11 口超深水井钻井作业，最终项目工期提前 305.6 天、节约投资 13.8 亿元、降本 314%、产能提高 22.3%，从设计到施工，从理论到实践，实现自主研发。

不断学习突破自我

在海南省澄迈县一钻完井设备存放厂区，刘书杰指着一台 3 米多高的设备说："这是完全自主国产化钻完井最核心的部件之一——500 米'水下采气树'，海底采集到的天然气经过它再输送到管道，缺少它，就采集不了。"

这台设备从图纸的设计到制作，再到多次测试终能使用，刘书杰无不亲力亲为。刘书杰告诉记者："就是这个'铁疙瘩'，身上最少有 2600 个零件，除了要经受海上极端天气的考验，每一个零件还要经受 500 米水压压强。"

刘书杰介绍，"水下采气树"实现国产，是我国实现深水自主开发的重要一步。我们将核心技术牢牢掌握在了自己手中。经过一系列刻苦研究与测试，团队突破了高压密封、防腐、精密加工、深水湿式电气连接等一系列"卡脖子"技术难题，掌握了深水水下采气树总体方案设计、安装工艺及配套工具设计、制造与检验技术、工程配套服务技术等关键技术。

在刘书杰的带领下，先后开展了水下井口、水下采气树、水下应急封井器、钻完井废弃物处置等"卡脖子"关键装备和技术的国产化攻关。海下 500 米钻完井基本实现自足国产化。他也成为中国海油资深技术专家，享受国务院政府特殊津贴，获评"最美职工"，并获得全国五一劳动奖章。他先后获国家科技进步一等奖 1 项、国家技术发明二等奖 2 项、省部级奖 27 项。

创新发展永不止步

当前，南海油气资源量高达 350 亿吨，是我国能源的重要接替区。这里也是全球唯一同时聚集了高温高压、深水、复杂断块三大世界级钻完井技术难题的海域，一度被业界认为是勘探开发禁区。由于钻井事故频发，很多国际上知名的海上钻井公司望而却步。

刘书杰带领团队创建了海上高温高压钻完井设计技术体系，创建了基于多源多机制压力精确预测的海上高温高压安全钻井技术，钻井成功率 100%；首创了多级屏障井筒完整性技术，解决了环空带压的世界级难题；创新形成了海上高温高压钻井综合提速和储层保护技术，使平均钻井周期由 150 天降至 45 天。该套技术整体处于国际先进水平，其中 3 项技术处于国际领先水平，项目成果安全高效实施了 52 口高温高压井作业，完成了我国海上首个高温高气田群——东方 13 气田群钻采方案研究工作，安全高效实施了东方 13-2 气田钻完井作业。其成果获 2017 年国家科技进步奖一等奖，其团队获评国家科技创新团队。

如今，刘书杰又马不停蹄地牵头制定南海深水、高温高压油气钻完井重点领域"十四五"科技发展战略规划，同时将目光聚焦到天然气水合物开发、南海中南部勘探开发支持保障、"双碳"形势下的钻完井技术、受国外制约的"卡脖子"装备及技术等前瞻性领域，为后续南海油气资源开发绘就一张张技术路线清晰、关键节点明确的高质量发展蓝图。

以实现"南海万亿大气区"为目标，接下来，刘书杰还将带领团队朝着更深的海域迈进。他说："未来肯定有更多的困难，但掌握了技术就不怕。"

《工人日报》2022 年 5 月 9 日

全国五一劳动奖章获得者
刘书杰：钻研求索蓝海梦

◎ 邱江华　吴盛龙　王志超

在海南陵水海域，从直升机上眺望，周遭一片湛蓝，深黄色的"深海一号"能源站如同一个巨无霸，矗立在蓝海之上，十分夺目。这片海域，全国五一劳动奖章获得者、中国海洋石油集团有限公司（以下简称"中国海油"）钻完井技术专家刘书杰并不陌生。他带领团队构建的深水钻采设计与作业技术体系，高效完成"深海一号"大气田钻采方案研究与现场作业，标志着我国系统掌握了深水油气田勘探开发的全套技术。

"作为科研设计人员，要深入了解海洋石油钻井技术，就必须多次到海上一线跟踪工作进度，进行技术支持。这些年下来，我已经变得'海味'十足了。"近日，在接受《海南日报》记者采访时，刘书杰笑道。从广袤大漠到蔚蓝海疆，他33年耕耘石油天然气钻完井技术领域，带领团队在海洋油气勘探开发一线，一次又一次从技术困境中突围，推动中国海洋油气钻完井技术跨越式发展。

1997 年，刘书杰加入中国海油，从事钻完井科研设计工作。彼时的中国海油正处于技术起步阶段，而作为连接海上平台与海底油藏之间"桥梁"的隔水套管却因为无法精准掌控入泥深浅，造成诸如井口失稳、下陷之类的问题频发。

◎ 刘书杰赴海上平台验证设计方案

"以前隔水导管入泥深度常常根据经验来判定，难免会有误差。缺乏稳固的'桥梁'，油气开发难以为继。"为改变状况，从 2000 年开始，刘书杰带领团队着手开展专题研究和技术储备工作，他带领团队进行了 660 余次试验，成功实现从"锤入法"到"钻入法"再到"喷射法"的 3 次变革，并在 2014 年取得革命性突破，自主掌握海上钻井隔水套管控制技术和预测技术。

这项技术贯穿我国四大海域 58 个油气田的 2100 多口生产井，完成了我国海洋油气技术标准从跟跑国际公司到与之并跑再到领跑的"弯道超车"。

"中国海洋油气事业要想走深走远，高温高压是必经之路。"刘书杰说，南海油气资源丰富，但同时面临高温高压、深水、复杂断块三大世界级钻完井技术难题。为了跳好在高温高压区域打井这支"刀尖上的舞蹈"，刘书杰带领团队一头扎进这片海域。

"我们对海洋浅层钻井、高温高压井筒完整性等领域进行深入研究，首创了海洋浅层安全钻井、井筒完整性等重大技术，在深水与高温高压钻完井道路上迈出关键一步。"刘书杰介绍，由其团队创建的海上高温高压钻完井设计技术体系，助力我国海上首个高温高压气田群——东方13-2气田群项目工期提前570天。

随后，刘书杰再次向"海洋深水浅层钻井"这个世界级技术难题进发。他带领团队进行长达14年的科技攻关，形成深水探井钻井设计、浅层钻井工艺及设备、钻井液和水泥浆、隔水管及井口系统、深水测试工艺共计五大系列80余项关键技术，并通过43项技术测试、21项性能优化以及29项整改，完成了国产深水采气树出海服役达标测试，使我国海洋石油勘探开发能力有了质的飞跃。

2021年6月25日，"深海一号"超深水大气田成功投产，标志着中国海油紧握国际深水油气开发领域的入场券，进军超深水。

秉承初心，能源报国。面对过往取得的优异成绩，刘书杰未曾停歇片刻。他表示，下一步将把目光聚焦到天然气水合物开发、"双碳"形势下的钻完井技术等前瞻性领域，努力作出新贡献。

《海南日报》2022年5月14日

2022 最美职工

熊朝永

与林为友、与象为伴

　　熊朝永，1982 年 11 月出生，云南省普洱市景东县人，大学本科学历，兽医师职称，中共党员，2005 年起先后进入西双版纳野象谷景区、西双版纳亚洲象救护与繁育中心从事野生亚洲象救助、治疗、亚洲象繁育、管理等工作；2022 年以急需紧缺人才引进到云南西双版纳国家级自然保护区管护局下属单位西双版纳傣族自治州亚洲象保护管理中心工作。多年以来，熊朝永刻苦钻研亚洲象生理、行为和救治技术，在亚洲象繁育、救护（助）、行为管控等方面作出了突出贡献。他带领的西双版纳亚洲象救护与繁育中心先后获得云南省青年五四奖章集体、云南省职工创新工作室、云南省工人先锋号、云岭楷模等荣誉。熊朝永个人也先后获得全国青年岗位能手、云南省劳动模范、全国五一劳动奖章、全国"最美职工"等诸多荣誉。

不畏艰险，始终坚守救护亚洲象的初心和使命

　　熊朝永在亚洲象保护事业的工作岗位上，已坚守 17 年，先后参

与 20 余次野生亚洲象的救助工作，成功救助了明星象"然然"、网红小象"羊妞"、成年母象"平平"、成年公象"昆六"、孤儿小象"小强"等多头野象。在每次营救过程中，他都秉承生命至上、亲力亲为的工作理念。

2015 年，西双版纳亚洲象救护与繁育中心救助了一头幼象"羊妞"。当时"羊妞"已处于休克状态，新生儿脐带感染引起腹腔大面积溃烂，并伴有心衰等症状，命悬一线，为了救回"羊妞"，熊朝永不分昼夜地守护在"羊妞"旁边，每 1 小时给"羊妞"喂 1 次奶，连续几天几乎不眠不休，经过无数个日夜的精心照顾和治疗，最终把"羊妞"从死神手中抢了回来。

熊朝永在多年的亚洲象救助工作中，不断探索亚洲象生活习性和行为方面的知识，自主钻研，改良了救助需要的保定、运输笼等用具，引入挖掘机、装载机等机械参与救助，通过一次次尝试和试验，他成功将亚洲象救助时间从最长的 8 天缩短到现在最短几个小时，极大地保障了参与人员和救助象的安全。多次的成功救助，得到了各级政府、林业主管部门及各国专家的高度认可。

如今，救助象"然然"与"羊妞"已健康茁壮成长。现在的"羊妞"已经 7 岁，"羊妞"的救助，打破了已知新生幼象救治存活时间最长的纪录，为全世界提供了范例；"然然"于 2019 年诞下爱女"景景"，也成为全国第一头成功野外救助后产下幼儿的大象。救助、繁育象和熊朝永之间的故事，感染着人们和社会各界对保护亚洲象事业给予越来越多的支持和帮助。

积极探索繁育之路，为保护濒危物种 亚洲象作贡献

为了让濒危亚洲象物种的种源得以保存，熊朝永和团队一直不断研究和总结亚洲象繁育技术，先后成功繁育出了9头人工小象。从配对象的选择、"对象"的感情培养、环境的选择到准备受孕母象产前、产中和产后的护理，每一个环节都需要探索和研究。一头母象的孕期长达18—22个月，从成功受孕到顺利诞下小象，再到让小象健康成长，在这漫长的阶段，熊朝永付出了长足的耐性和不放弃的决心。

2019年，一头雌象产下一头幼象，因初次繁殖，无育幼经验，分娩后多次踩踏按压幼象，致使幼象全身多处挫伤，口、鼻、眼不同程度出血并伴有血尿，熊朝永和团队成员立刻将小象抢救隔离，24小时不间断开展挤奶、喂奶、喂药，陪伴小象睡觉，并不断尝试让母象与幼象建立亲情，辅助学习喝奶等护理工作，经过43个昼夜的悉心守护，小象脱离危险期。类似的母象伤婴事件在国内已经发生过多起，而小象无一生还，这再一次打破了纪录。

熊朝永用他的钻研精神让亚洲象繁育技术得以成熟，经过他的努力，目前保持着繁育小象成活率100%的骄傲成绩，为我国保护濒危物种亚洲象作出了重要贡献，大家都亲切地称他为"象爸爸"。

开展亚洲象基础研究，做好传帮带工作

多年来，熊朝永不断总结亚洲象救助经验、探索工作方法。针

对救助亚洲象医疗诊断及用药方面没有现成的参考依据，盲目用药会损伤亚洲象的内脏器官，甚至可能导致死亡的情况，他与大象医生一起克服困难，通过采集健康象群不同个体的血液、尿液和病理情况下的数据对比分析，找出健康亚洲象数据指标范围，收集救助亚洲象血液生化数据资料，为救助亚洲象治愈提供可依标准，参与完成的亚洲象血常规和血生化指标测定与分析荣获西双版纳科技进步三等奖。结合自身一线工作实践，他参与撰写《亚洲象曼陀罗中毒的诊治》等13篇学术论文；参与编制的《亚洲象野外救助技术规程》《亚洲象人工辅助育幼技术规范》《亚洲象野生种群监测技术规程》3项规程、规范，填补了我国亚洲象救助、繁育、监测规程空白，为科学保护亚洲象提供了参考依据。同时，他还将自己总结的亚洲象救助、护理饲养等知识和经验传授给同事们，在他的带领下，团队创先争优氛围浓厚，有3人被评定为助理兽医师职称，多名成员已能熟练开展亚洲象救助、行为纠正、幼象护理饲养等工作，为我国亚洲象救助事业培养了后备人才。

熊朝永17年与林为友、与象为伴的工作经历，告诉了我们什么是坚持和守护。作为一名新时代的共产党员，他用自己的热情与执着，向社会传递着一位基层党员保护亚洲象、保护生物多样性的正能量，诠释了新时代爱岗敬业、争创一流、艰苦奋斗、勇于创新、甘于奉献的工匠精神。

全国总工会宣教部供稿

"每一头大象的故事，
我都知道"

◎ 黄　榆

　　西双版纳亚洲象救护与繁育中心是国内目前唯一以亚洲象救援和繁育研究为核心的科研基地，也是全国野生动植物保护及自然保护区建设工程 15 个物种拯救工程之一，是受伤亚洲象的疗养院。该中心先后参与过 20 次野生亚洲象的野外营救，目前有 8 头亚洲象在这里进行护理饲养和康复训练，9 头小象在这里出生。

　　该中心经理熊朝永十几年如一日守护着亚洲象，帮助它们早日回归大自然，被亲切地称为"象爸爸"。

"象爸爸"和"然然"

　　"在救护与繁育中心，我们就像一家人。"熊朝永说，"我们要给亚洲象测量体温、洗澡、喂食，还进行野化训练。"熊朝永和 20 多名同事拥有一个特别的绰号——"象爸爸"。

熊朝永是普洱人，高中毕业后，喜欢大象的他进入一家演艺公司，带着大象到各地巡回表演。工作几年后，他辞职回到昆明，打算另找工作。恰巧那时亚洲象"然然"被营救回来。2005年，在朋友的介绍下，他来到西双版纳野象谷，当起了"然然"的"象爸爸"。

2005年7月7日，村民在野象谷景区大树旅馆下的河道里，发现了一头年龄约3岁的小象"然然"。它被铁夹夹伤，伤口严重感染溃烂，危及生命。7月9日，81人的营救队伍成功将"然然"护送到救护中心。

在治疗的过程中，"然然"因为害怕，把一名兽医顶到了墙上。虽然那时它才3岁，但体重已600多千克，有很大的力气。因为"然然"的不配合，治疗效果一直不太好。

同年8月，已有5年大象护理、饲养经验的熊朝永，主动承担起了照顾"然然"的工作。熊朝永把床铺搬到"然然"旁边。那是

◎ 熊朝永与象在一起

一间临时药棚，用石棉瓦搭建，四周没有任何的遮挡。一般来说，饲养大象的地方往往会有异味，紧邻的水沟也有特别多的蚊虫。尽管这样，熊朝永仍 24 小时不离"然然"。

只要"然然"一叫，熊朝永就会轻轻抚摸"然然"的额头，抱着它的鼻子，跟它说说话，有时还会哼哼歌……很快，"然然"有了安全感，慢慢平静下来。

熊朝永陪伴"然然"度过了这段特殊的时光。"然然"逐渐开始配合治疗，身体一天天好了起来。

如今的熊朝永有了自己的女儿，但他还是会说，自己有两个女儿，大女儿就是"然然"。

"感动和欣慰支撑我持续工作"

"每一头大象的故事，我都知道。大象是很有温情的动物，野象很少与人接触，对人类自然是有防备的。但当它明白你对它没有威胁，是在帮它后，它也会放下防备。在朝夕相处中，人和象都能产生感情。"熊朝永对中心救助的所有亚洲象都十分熟悉。他说，在救助亚洲象"昆六"时，他接触大约一年才消除了"昆六"的敌意，帮助它融入受救助的象群中。而"羊妞"隔两三天见面，都会跟着他散步。

"有一天，和'然然'并排行走，我突然摔倒了，是'然然'救了我。这些感动和欣慰，正是支撑我持续工作的动力。"熊朝永说。

与"然然"一样生活在救护与繁育中心的大象还有"羊妞""小强""平平"等。这些被救助回来的亚洲象，有被铁夹夹伤的幼象，有因意外受伤的母象，有因争夺配偶打斗受伤的雄象，也有被象群遗弃的弃象、孤儿象……熊朝永和同事们用照顾与温情抚平了它们的创伤。

在国外亚洲象总量不断减少的形势下，云南的亚洲象数量却逐渐增加。30 年间，全省亚洲象数量由 150 头增长至 300 头左右。这与包括"象爸爸"在内的所有爱象人士的努力密不可分。

让亚洲象得到科学照料

在开展野生亚洲象救助工作中，盲目用药会损伤大象的内脏器官，甚至可能导致死亡。为此，熊朝永经常协助大象医生克服困难，采集健康象群不同个体的血液、尿液，与病理情况下的数据对比分析，找出正确的数据范围。

在他和大象医生的努力下，救护与繁育中心建立了亚洲象血液生化数据库。多年来，他不断探索总结亚洲象救助方法和经验，参与撰写发表《亚洲象曼陀罗中毒的诊治》等 13 篇学术论文，为科学救治亚洲象提供了参考依据。参与编制的《亚洲象野外救助技术规程》《亚洲象人工辅助育幼技术规范》等 3 项标准，填补了我国亚洲象保护标准空白。

同时，他还将自己总结的亚洲象救助、护理饲养等知识和经验传授给同事们。在他的带动下，所在工作室创先争优氛围浓厚，有 3 人被评定为助理兽医师职称，多名成员已能娴熟开展亚洲象救助、行为纠正、幼象护理饲养等工作，为我国亚洲象保护事业培养了后备人才。

熊朝永也因在亚洲象救护、繁育工作等方面作出突出贡献，先后获得全国青年岗位能手、云南省劳动模范等荣誉。近日，他又获评"最美职工"。

如今，在西双版纳亚洲象救护与繁育中心，共有 26 名"象爸爸"，他们都有一个共同的愿望，就是希望有朝一日这些救助象的身体恢复健康，能够适应自然环境，重回大自然。

《工人日报》2022 年 5 月 10 日

17 年坚守初心
与森林为友、与大象为伴

◎ 李熙临　戴振华

由云南省总工会推荐选树的先进典型人物——西双版纳野象谷景区有限公司亚洲象救护与繁育中心经理、兽医师、农艺师熊朝永，在被中华全国总工会授予全国五一劳动奖章后，又获殊荣：4 月 30 日，由中央宣传部、全国总工会联合发布的 2022 年全国"最美职工"名单里，熊朝永位列全国仅有的 10 个"最美职工"中，也是云南省唯一入选者。

17 年来，熊朝永与森林为友、与大象为伴，守护着在这片土地上栖息、繁衍的亚洲象和其他美丽生灵。为了野象"然然"更好地康复，他毅然解掉了固定在它四肢上的铁链；为了救助脾气暴躁的"昆六"，他差点葬身象脚下……熊朝永先后参与了 20 余次野生亚洲象救助工作，大家都亲切称呼他为"象爸爸"。

与"象儿女"们一路同行

在云南西双版纳"野象谷",150多头野生亚洲象快乐地生活着。这里不仅是我国唯一一个可以安全观测到野生亚洲象及其生活痕迹的地方,还是我国唯一以亚洲象救护与繁育研究为核心的科研基地。在这里,26位"象爸爸"与大象朝夕相处,悉心照料大象的起居。

作为野象谷亚洲象救护与繁育中心大象护理员,"象爸爸"们常年驻守在西双版纳的热带雨林中,克服着湿热气候和蚊虫对身体带来的伤害,面对野象随时可能发起攻击的危险,用一个个单薄的肩膀,扛起了拯救濒危物种、保护自然环境的社会重任。

作为"象爸爸"的代表人物,熊朝永已经与大象打交道17年。

2005年8月,听闻云南金孔雀旅游集团招聘大象护理员的消息后,熊朝永不顾身边亲友的劝解,选择了在别人看来又脏又累又危险的大象护理员工作。

也是在这个时期,熊朝永与"然然"不期而遇。

在野外被发现并被救助的野象"然然"在治疗过程中挣脱铁链把一名兽医师打成重伤,急需一名有经验的护理员对其进行护理。熊朝永义无反顾来到"然然"身边。

一开始,由于"然然"不配合治疗,很多药都用不上,病情急剧恶化。为了更好地为"然然"治疗伤口,熊朝永毅然决定帮它解掉固定在四肢上的铁链。同样是救助野象,这一举动熊朝永在4年前也做过,结果是被野象"丁力"打飞在地,留下了严重的后遗症——第六、第七根脊椎骨变形且无法复位。但这次为了"然然"，熊朝永依旧决定奋力一搏。

庆幸的是，在熊朝永充满关爱的眼神、轻柔的动作、娴熟的安抚技能下，"然然"放下了警惕与戒备，开始接受治疗及照料。

在参与过的亚洲野象救助行动中，让熊朝永印象最为深刻的就是对野象"昆六"的救助行动。"昆六"是一头处于青壮年时期的公象，性情暴躁易怒。由于受了严重的内伤，"昆六"口鼻血流不止，身体其他部位还有很多伤口，奄奄一息。

经过对周边地形的观察，熊朝永推断，"昆六"是因为和其它野象发生斗殴，从附近一座80多米高的山崖上摔下来而受的重伤。熊朝永立即组织人员对"昆六"实施紧急救护。在近两个小时的忙碌后，"昆六"口鼻处几个大的出血口虽已成功止血，但精神状态依旧不好。熊朝永和其他救援人员最终决定在原地蹲守一晚。

◎ 熊朝永为救助象检查口腔

不料，大家才刚躺下一个多小时，"昆六"就突然苏醒，并冲到了救护队的临时宿营地。听到警报的熊朝永回头一看，"昆六"离他已不到一米的距离，他急忙翻滚到一边。要知道，那可是一头体重近4吨的成年野象，要是再晚那么几秒钟，熊朝永便可能葬身于象脚之下。

如今，在熊朝永和"象爸爸"们的悉心照料下，"昆六"的外伤已基本康复，而"然然"则在亚洲象救护与繁育中心生活了10多个年头了，还生了头健康的象宝宝。

探索人与自然和谐共生新路径

17年来，熊朝永早已把大象视为自己的亲人和伙伴，"象儿女"的一个眼神、一个动作，他都能瞬间理解其中的含义。他也日复一日为亚洲象、为生物多样性默默奉献着自己的力量。

他参与并主导了多次野象驯化行动，成功救助了明星象"然然"、网红小象"羊妞"、成年母象"平平"、成年公象"昆六"、孤儿小象"小强"等多头野象。每一次任务中，他用实际行动诠释着党员的先锋模范作用，践行着使命与担当。

在开展野生亚洲象救助工作中，因为在医疗诊断及用药方面没有科学的参考数据，盲目用药会损伤大象的内脏器官，甚至可能导致死亡。为此，熊朝永经常协助大象医生克服困难，采集健康象群不同个体的血液、尿液，与病理情况下的数据对比分析，找出正确的数据范围。在他和大象医生的努力下，救护与繁育中心建立了亚洲象血液生化数据库。

多年来，熊朝永不断探索总结亚洲象救助方法和经验，参与撰写发表《亚洲象曼陀罗中毒的诊治》等 13 篇学术论文，为科学救治亚洲象提供了参考依据。由他参与编制的《亚洲象野外救助技术规程》《亚洲象人工辅助育幼技术规范》等 3 项标准，填补了我国亚洲象保护标准空白。同时，熊朝永还将自己总结的亚洲象救助、护理饲养等知识和经验毫无保留地传授给同事们。在熊朝永的带动下，其所在的工作室创先争优氛围浓厚，有 3 人被评定为助理兽医师职称，多名成员已能娴熟开展亚洲象救助、行为纠正、幼象护理饲养等工作，为我国亚洲象保护事业培养了后备人才。

"城市需要发展，就面临着大自然会被破坏，而森林和动物的家园也都受到了威胁，留住它们的家园其实是保护我们自己的家园。"这是熊朝永时常挂在嘴边的一句话。

作为一名平凡的基层工作者，熊朝永用 17 年的时间，诠释了坚持和守护。作为一名新时代的共产党员，熊朝永用自己的热情与执着，传递着保护亚洲象、保护生物多样性、保护生态环境的正能量。

云南网 2022 年 4 月 30 日

2022
最美职工

吾买尔·库尔班

带领兄弟姐妹脱贫致富

　　他是一名有着 21 年党龄的老党员，他是帮助 829 名贫困村民脱贫致富的"贴心人"，他是弘扬劳模精神创新创效的"带头人"，他是带领 30 名少数民族务工人员从农民成长为产业工人的"领路人"，他有很多重身份，但无论是何种身份，他总能择一事忠一事，他就是中建新疆建工四建绿色建筑发展分公司生产计划部业务经理吾买尔·库尔班。

　　吾买尔·库尔班谦和、阳光，总替别人着想。他话不多，一开口先微笑。他常年扎根一线，恪尽职守，勇于奉献，忘我工作，多次荣获各级先进生产（工作）者、优秀党员。工作 26 年，先后获得 30 多项荣誉，2017—2019 年参与新疆维吾尔自治区"访惠聚"工作期间，连续 3 年荣获自治区"访惠聚"工作先进工作者；2020 年被授予自治区劳动模范；2021 年 5 月，荣获中建集团脱贫攻坚先进个人。荣誉的背后，是这位维吾尔族党员的无私付出和深情大爱。

"我从农村来，我喜欢村里的父老乡亲"

吾买尔·库尔班出生在新疆和田地区洛浦县洛浦镇恰帕勒兰干村，高中毕业后，考上新疆工业高等专科学校。虽然离开了家乡，他的爱农情怀却深深留在心底。

2017年3月，经本人申请，中建新疆建工委派吾买尔·库尔班来到喀什地区英吉沙县英也尔乡荒地村，投入到"访民情、惠民生、聚民心"工作中，报名时大家都劝他，女儿临近高考的紧要关头，去那么远的地方工作怎么舍得？他却说，21年前，他从南疆来到乌鲁木齐工作，是在企业的帮助下从一句汉语都不会说的农村小伙变成了现在的技术员，他要把政府和企业的温暖带到贫困村，帮助那里的父老乡亲过上好日子！

吾买尔·库尔班的QQ个性签名上写着：时间不会停留，所以我们要珍惜每分每秒。他说："我在脱贫攻坚'最后一公里'的地方，我要抓住一分一秒，为脱贫尽最大努力。"

荒地村是南疆四地州深度贫困村，2017年，村里有493户2230人，其中贫困户178户829人。作为工作队的扶贫专干，吾买尔·库尔班紧盯村里的边缘户和特殊困难家庭，通过解决就业、发展产业、政策兜底等措施，"一户一策"制订脱贫措施。

吾买尔·库尔班白天逐门逐户收集信息，晚上在办公室按标准梳理汇总资料。经过摸排，他发现贫困户每家的情况都各不相同，有些家庭由于子女年幼、父母年迈、家中病人需要照料等特殊原因，家中的劳动力无法外出工作，因此造成贫困。为让这类特殊群体在家门口实现就业，3 年时间，吾买尔·库尔班和其他队员们申请了 60 多个扶贫项目，在政府的支持下，村里成立了裁缝、木工、养殖等 6 个专业合作社，让 300 余名村民实现了家门口就业的致富梦。

木工合作社成立时，带头人阿不都热依木还是个贫困户，虽然有几年的木工经验，对自己的手艺有把握，但是担心没有好助手，压力很大，想来想去，还是不敢当这个带头人。

吾买尔·库尔班看出了他的顾虑。他把村里会做木工活儿的人找来，让阿不都热依木来定人。经过挑选、磨合，最终确定了 4 个贫困户和 2 个一般户。大家给合作社起名叫自强合作社。乡政府为他们购置了一台 5 万元的雕刻机，工作队帮他们找订单。合作社 6 人每月收入 2000 多元，4 名贫困户脱贫了。大伙儿对吾买尔说："你们让我们学会了做沙发、柜子，建庭院、盖房子，我们样样精通，自强合作社，亚克西！"

吾买尔·库尔班动员 20 名女工来到裁缝合作社。为了保证大家学好技术，工作队申请到扶贫项目后，购买了 20 台电动缝纫机、锁边机、电脑绣花机。熨斗、挂烫机、扣眼机、塑料模特等也应有尽有。针对有的女工会裁缝，有的没基础等技能不全的情况，吾买尔·库尔班制订学习计划，互相开展"传帮带"，帮助大家把技术学好、学精学全。从做围裙、桌布到工作服，经过一年的运行，女工的手艺都精进了。后来，村里成立了一个微型服装工厂，吸纳了裁缝合作社的所有女工，大家的收入又增加了。

日子越过越好，一些村民便生起了自主创业当老板的念头，为了帮助大家尽快把店铺开起来，吾买尔·库尔班带着大家跑流程、办手续，村民们的餐厅、商店、服装店相继开了起来，吾买尔·库尔班却黑了、瘦了。星光不问赶路人，时光不负奋斗者，2019 年年底，荒地村整村脱贫，攻破了最后的贫困堡垒。

吾买尔·库尔班说："在喀什，在荒地村，让我深深地感受到了淳朴的民风，驻村工作不仅丰富了我的人生经历，也锻炼了我的意志，提高了我的能力。"这是一名奋战在脱贫攻坚一线党员的心里话，他用自己的行动践行了一名共产党员的承诺——不忘初心、牢记使命。

"在劳模创新工作室里，我们实现了降本增效"

2020 年 3 月，吾买尔·库尔班顺利完成"访惠聚"工作任务重返岗位，公司以他的名字命名了工作室——"吾买尔·库尔班劳模创新工作室"。面对身份的转变，吾买尔·库尔班说："成绩属于过去，只有着眼未来，才能扛得起新使命。"作为基层技术骨干，他发扬工匠精神，深入研究如何践行绿色发展理念，通过创新创效盘活库存及低效无效资产，助力公司工程履约。

吾买尔·库尔班带动工作室其他工人发明革新，他负责电脑制图、对比方案、现场技术指导和质量检查督导。为了修改一个方案，他苦思冥想，经常加班到深夜。他与其他成员切磋技艺，不停地探索、试验，鼓励工人多探讨、多尝试。维修班班长周庆军经常会因为某个问题和大伙儿争论。吾买尔·库尔班说："争论就是好事啊！说明大家在动脑筋、想办法。"在他的带动下，大家敢于提问、敢于质疑、敢于尝试新方法。

劳模创新工作室不断寻找解决问题的新方法，提出合理化建议，实现增收创效。经过头脑风暴、集思广益，工作室利用闲置物资制作成标准化周转料具，变废为宝，推动绿色低碳建造。吾买尔·库尔班带领班组自制了 2500 平方米组装式型材堆放架，71 个圆材堆放架，15 万个管接头，制作料斗、钢爬梯等各种周转料具，帮助企业节约成本上百万元。

2021 年 12 月，在中建新疆建工职工创新创效成果交流会上，吾买尔·库尔班作为吾买尔·库尔班劳模创新工作室带头人受到表彰。2022 年 2 月，又被中建新疆建工集团第四建筑工程有限公司授予 2021 年度主题人物、爱岗敬业之星。

两年来，劳模创新工作室两项合理化建议被中建新疆建工评为"十大金点子"，一项获中建新疆建工优秀实施运用奖，一项技术荣获国家实用新型专利，实现创新创效，吾买尔为培育爱岗敬业、敢于创新的技术团队贡献力量。

"唱响新时代'咱们工人有力量'"

上高中时，吾买尔·库尔班每年暑假都在工地打工，推过灰浆，当过小工，这个懵懂少年的心中有一个梦想：以后要学会建高楼大厦。他的愿望实现了，在伊犁山水尚城商住楼施工期间，从挖土方、交工到回访，他全程参与，一个人负责 2 栋 23 层商住楼的施工，他连年被评为先进工作者或优秀党员。

中建新疆建工四建绿色建筑发展分公司先后接收了 69 名少数民族务工人员，吾买尔·库尔班承担着将该群体培育为新时期产业工人的重要责任。吾买尔·库尔班总说，看见这些年轻人，就像看到了当年从南疆初到乌鲁木齐的自己，他要发挥自己精通双语的优势，带着大家学技术，过上好日子，为建设新时期产业工人队伍、推动乡村振兴贡献一份力量。

为践行自己的诺言，吾买尔·库尔班建立了导师带徒传帮带制度，成了 30 名少数民族务工人员口中的老师，大家伙都说他会的多却没架子，闲暇时总喜欢找他请教操作问题。吾买尔·库尔班非常耐心，他总是手把手地教，对于自己编制的各类交底方案、操作指引，怕大家不明白，总是一遍遍地讲述。焊接卸料平台吊环时，开展现场教学，他告诉大家，这 4 个吊环要承担几百公斤的重量，还要承受一吨多的自重，是制作卸料平台非常关键的环节。他让师傅王晓华一边操作一边讲解焊接要领，操作前，让工人们反复研究师傅们做的样板，还找来相关视频让大家学习。通过问题指引—现场指导—样板引路的学习模式，大伙的操作技能得到快速提升。

为鼓励大家学习多种技能，吾买尔·库尔班提出竞赛教学法。他把车间工人分成小组，组织各班组开展对抗赛。有一次在制作基坑防护栏时，安拉拜尔迪·艾则切割立杆时切短了 3 毫米，只能重新下料。吾买尔迅速召集小组 6 名成员和其他小组成员开现场会，他说，下料—组装—施焊—打磨—质量检查—码放验收，这些环节一个都不能大意，因为一个失误会造成材料的浪费，还耽误下个工序的时间。在他的带领下，大家学会了电焊、切割、维修、喷漆等技能，18 人考取了电焊工操作证。

功夫不负有心人，在中建新疆建工举办的建功 70 年·开拓新时代结亲师徒技能竞赛中，吾买尔·库尔班带领 3 对师徒分获电焊组第一、第二名和优秀奖；在乌鲁木齐市 2021 年度建筑领域技能大赛

◎ 吾买尔·库尔班教授南疆就业人员电焊

中，3人荣获焊工组第二名；在新疆建筑领域技术工种职业技能大赛中，3人获得优秀奖。同时，在吾买尔的带领下，少数民族务工人员的生活发生了天翻地覆的变化，2021年，30名员工人均月收入超过了6000元，其中16人次月收入过万，3个家庭购置了汽车。如今，这支特殊的产业工人队伍已占分公司产业工人数量的17.6%，成为在疆央企践行社会责任的典范。

曾在竞赛中取得优异成绩的徒弟米吉提·艾海提说："在吾买尔·库尔班老师的教导下，我学了本领，成了靠技术吃饭的产业工人，这是我原来想都不敢想的事，我现在一个月赚的钱比在村里时全家一年挣得还多，已经和爱人在乌鲁木齐买了房子，我要把家人接来，让他们看到更大的世界，还要邀请我的老师来家里做客。"

"我喜欢心无旁骛、全力以赴地做事"

优秀是一种习惯。在别人眼中，吾买尔·库尔班总是那么优秀。他是家里老大，有 4 个弟弟妹妹，12 岁时他学会了做饭；中学时期，他的成绩始终在班里排名第一。就读新疆工业高等专科学校时，他总是在宿舍熄灯后悄悄到走廊读书，经常复习到凌晨一两点，每学期成绩都名列前茅，并获得优秀学生一等奖奖学金；工作 26 年，他上班没迟到过一次，荣誉证书有厚厚的一摞；从计算机零起步到现在的电脑高手。周围人问他怎么能那么优秀，他说："我喜欢专注，今天的事今天必须完成，我经常是心无旁骛、全力以赴地做事。"

因为他的专注，吾买尔错过了很多"机会"。10 年前他就可以评工程师职称，为了干好手中的工作，他没顾上参加继续教育，评审没有通过，论文答辩也被耽误。在伊犁山水尚城商住楼项目施工的 3 年以及在荒地村工作期间，他不愿意回乌市评职称耽误工作，错过了一次又一次职称评审，直到 2021 年，他才评上工程师。后来得知参与"访惠聚"工作期间，连续 3 年荣获"访惠聚"工作先进工作者的同志可以晋升一级职称，大家都为他惋惜，"如果几年前拿上工程师，现在就是副高职称了呀"。而他只是淡淡一笑，说以后还有机会。

船到中流浪更急，人到半山路更陡。当周围有人感慨工作得不到肯定和欣赏时，当有人很难平衡工作和生活时，当有人遇到困难停滞不前时，吾买尔·库尔班却觉得，不管是生活还是工作，都可以乐在其中，专注手中的事，不疑当下，不惧未来，尽力去做就可以了。他认为，工作能够锻炼心性，磨练意志，这是人生最重要、最有价值的行为，他能感受到身心合一的力量，工作造就了他厚重的人格。

"拿什么奉献给你，我的爱人"

"你今天按时回来，还是……"

快下班了，电话那头又传来爱人关切的问候。

吾买尔·库尔班胃口不好，经常胃疼，爱人白天不能照顾他，晚上总是想方设法调剂一下他的胃。

吾买尔的女儿3岁时患哮喘，刚确诊时，爱人不敢相信，不知道哭了多少次。医生告诉他们，尽量避免孩子受凉感冒，否则哮喘容易复发，7—8岁和13—14岁是两个关键的治疗时期，还建议他们搬到南山居住。为了照顾好女儿，爱人辞去了新疆石油管理局的工作。

女儿突发哮喘时，经常是气喘不上来，脸憋得青紫，浑身发抖，他们立刻用上医生开的喷雾剂，缓解一会儿后马上送孩子去医院。刚得病的头几年，每到换季时期和冬季，总会去医院"报到"，每年至少住院3次。女儿的饭必须单独做，不能有辛辣刺激的调料。家中的花全部送人，爱人每天把家里打扫得一尘不染。女儿上小学时，班主任的抽屉和孩子的书包里都备着"救命神器"——喷雾剂。冬季在家洗澡容易受凉，每年冬天的3个多月，妻子都带女儿到洗浴中心洗澡；一到春节，他们就到沙湾或奇台亲戚家，减少烟花对孩子的影响。

经过精心照料，女儿的哮喘终于治愈了。体育中考，她参加了800米跑步比赛，夫妇俩感到无比欣慰和激动。吾买尔·库尔班没有因为女儿生病、住院请过一天假，他总是一下班买上饭菜来到医院，早上做好饭送到医院后去上班。

有人说，共产党人都是用特殊材料做的，因为他们拥有钢一般的意志；也有人说，共产党人也是人，他们也有活生生的血脉和真切切的情意。吾买尔·库尔班喜欢《奉献》这首歌，每次听到"我拿什么奉献给你，我的爱人"时，他都有很多感触，他觉得妻子为家里付出了很多很多，他用自己的方式表达着对亲人的爱。

女儿上学前，每天听着他讲的故事入睡；上小学、初中时，他每个月都要带女儿去书店，每次都买好几本书。女儿最喜欢过生日，他经常把院子里的孩子们都叫来，和女儿一起过生日；爱人和女儿喜欢看电影，他办了3个电影院的会员卡，她们总能第一时间看到新片、大片。女儿最喜欢和他一起玩手工、做美食，休息和年休假时，他记不清和女儿用塑料拼图拼过多少次中国地图；做可乐鸡翅时，他做了3次都没达到女儿的"标准"，但每次都那么开心；他们一起做牛角面包、比萨、意大利面；一边上网查，一边做清蒸鱼……

驻村3年，吾买尔·库尔班每天和爱人、孩子通电话；"访惠聚"工作队安排吾买尔·库尔班在女儿高考和大学报到的日子调休，他和爱人把女儿送到陕西科技大学，去了大雁塔和钟楼，第一次出疆陪着爱人和女儿游玩；女儿上大学，他们每天晚上给女儿打电话；他和爱人相敬如宾，打电话时第一句话永远是：你好；休息时，他总是抢着干家务，不让爱人插手，抓饭、拌面、薄皮包子，他样样拿手。

吾买尔·库尔班的岳母患肝硬化时，他们一家三口搬到老人家住，陪老人度过了最后 3 年。老人不想吃饭时，吾买尔·库尔班就做她最爱吃的拉条子，老人就会吃上一小碗。岳母每次住院，他都把饭做好送到医院。有一次，老人住院时想吃家里的馄饨，他不会包馄饨，爱人让他把馅调好等她们回来包。爱人把母亲接回家，一进门见他正往餐桌上端热腾腾的馄饨，他说，第一次包馄饨，样子不好看，还好，皮都没煮破。看到眼前的这一幕，爱人的眼泪夺眶而出。

吾买尔·库尔班朴实善良，使他成为助力脱贫致富的"贴心人"；他的钻坚研微，使他成为深耕创新创效的"带头人"；他的真诚热情，使他成为培育产业工人的"领路人"。他说，无论是什么角色，唯有择一事忠一事，才无愧于平凡人生路上的每一步；不管是生活、工作，全力以赴就是最好的自己。吾买尔·库尔班，不为繁华易匠心，不舍初心得始终的好巴郎。

全国总工会宣教部供稿

技术员吾买尔·库尔班：不为繁华易匠心

◎ 蔡永丽　朱　彤

4月30日—5月1日，中共中央宣传部、中华全国总工会主办的2022年度"最美职工"发布仪式，中华全国总工会、中央广播电视总台联合举办的2022年度"中国梦·劳动美"庆祝五一国际劳动节特别节目分别在央视综合频道、综艺频道及央视频、央视文艺等新媒体平台播出。中建新疆建工四建技术质量员吾买尔·库尔班作为全国"最美职工"和全国五一劳动奖章获得者走上央视舞台。吾买尔·库尔班还受邀参加中国建筑"喜迎二十大　建证四十年　奋进新征程"主题劳动模范座谈会。2022年全国"最美职工"仅有9个个人和1个集体获此殊荣，吾买尔·库尔班名列其中。

吾买尔·库尔班，是中国建筑新疆建工四建的一名技术员，1973年7月，他出生在新疆和田地区洛浦县洛浦镇恰帕勒兰干村一个普通的农民家庭里。在他很小的时候，父母就教育他要热爱党、热爱祖国，通过学习改变命运。在父母的言传身教下，他成为当时村里同龄人中唯一一个通过高考走出来的大学生。毕业后，他加入了中建新疆建工四建，至今已 26 年。

一点点打磨，一点点历练。26 年后，他从一个一句普通话都不会说的青涩农村小伙子成长为一名技术骨干、一名中国共产党党员。在他的带动下，他的弟弟妹妹现在都在家乡工作，和他一样光荣地加入了中国共产党。

2017—2019 年，他主动请缨，从乌鲁木齐远赴 1700 公里外的南疆深度贫困村——喀什地区英吉沙县英也尔乡荒地村参加"访惠聚"驻村工作。

荒地村是深度贫困村，当时村里有 493 户 2230 人，其中贫困户 178 户 829 人。当时看到贫困家庭的困难生活，他感同身受，对改变村民生活现状有着强烈的愿望。

他挨家挨户走访了解情况，每到一家走访都聊半天，像对待自己的亲人一样。包户家庭贫困户古丽吉米丽罕·奥布力的爱人因病去世，面对突如其来的打击，难以承受的生活重担，让她一度失去了生活的信心。

他知道后四处奔走，最后帮她找到了乡小学食堂当厨师的工作，每月有 1500 多元的固定收入。看到她脸上的笑容，吾买尔·库尔班更加坚定了带大家都过上好日子的决心和信心。

作为扶贫专干，他把每家的情况都弄得清清楚楚，针对不同情况，制订了"一户一策"的帮扶措施，在中建新疆建工的全力支持下，村里先后成立了裁缝、木工、养殖等 6 个专业合作社，300 多名村民在家门口如期脱贫，过上了稳定和谐的幸福生活。

从计算机零起步到电脑高手，同事这样说："他常常能在很短的时间内完成别人想都不敢想的事。""爸爸好像有强迫症,做什么都要最好。"女儿这样评价他,"今天的事今天必须干完,否则睡不安稳。"

驻村结束后,吾买尔·库尔班回到了四建绿色建筑发展分公司的工作岗位上。2020 年,企业从德国进口了两台设备。当时,大家从没有接触过剪板机、折弯机,面对这两台"庞然大物",大家都望而生畏。厂家来安装设备的时候,他打开手机一边录音一边记录,之后再对着机器反复练习。几个月下来,不但自己学会了操作和维修,还带会了 4 名少数民族新员工熟练操作设备。之后,企业让他负责 50 多名员工电焊、切割、维修、喷漆的技能培训,在工会的组织下开展劳动竞赛、班组竞赛和"行为安全之星"评比等活动,他们很快掌握了各项技能。

2021 年,单位还以吾买尔·库尔班为带头人成立了劳模创新工作室,他带领工作室成员,开展技术创新和"双优化"工作,针对项目施工难题开展技术攻关。目前,创新工作室培育出一支爱岗敬业、敢于创新的技术团队,创新创效 303 万元,节约资金 400 余万元,用实际行动落实国家厉行节约、勤俭办企的号召,推动绿色低碳建造。他带头研发的技术获得了新疆维吾尔自治区 QC 成果一等奖、国家 QC 成果二等奖、国家实用新型专利;提出的合理化建议被中建新疆建工评为"十大金点子"。

吾买尔·库尔班曾先后获得自治区劳动模范、中国建筑脱贫攻坚先进个人等多项荣誉,2022 年又荣获全国五一劳动奖章和全国"最美职工"。他说这些荣誉都是在党的培养下获得的:"成绩已经成为过去,站在新时代的新起点上,我将继续努力,带领少数民族务工人员，不断提升他们的技能水平，唱响新时代'我们工人有力量'，为新疆社会稳定和长治久安总目标作出更大的贡献。"

《科技日报》2022 年 5 月 4 日

择一事忠一事的好职工

◎ 吴铎思

他，是帮助 829 名贫困村民脱贫致富的"贴心人"，是创新创效的"带头人"，也是带领 30 名少数民族务工人员成长为产业工人的"领路人"。他有多重身份，无论是何种身份，总能择一事忠一事，他就是中建新疆建工四建绿色建筑发展分公司生产计划部业务经理吾买尔·库尔班。

吾买尔·库尔班谦和、阳光，扎根一线，工作 26 年，先后荣获 30 多项荣誉。2022 年，他又荣获全国五一劳动奖章，获评"最美职工"。

全力以赴地做事

1973 年 7 月，吾买尔·库尔班出生在新疆维吾尔自治区和田地区洛浦县的一个乡村。上高中时，他每年暑假都到工地上打工。这位懵懂少年的心中有一个梦想：以后要建高楼大厦。长大后，他的愿望实现了，并且连年被评为先进。

吾买尔·库尔班工作 26 年，获得的荣誉证书有厚厚的一摞。周围人问他怎么做到的，他说："我喜欢心无旁骛、全力以赴地做事。"

吾买尔·库尔班所在的公司先后接收了 69 名少数民族务工人员，吾买尔·库尔班看见这些年轻人，就像看到了当年的自己，他发挥语言优势，带着大家学技术，过上了好日子。他积极开展传帮带，成为 30 名少数民族务工人员的老师。大伙儿都说他会得多、没架子，总喜欢找他请教操作问题。

吾买尔·库尔班非常有耐心，总是手把手地教，对于自己编制的各类交底方案、操作指引，一遍遍地讲述。为鼓励大家学习多种技能，吾买尔·库尔班提出竞赛教学法。他把车间工人分成小组，开展任务教学，组织各班组开展对抗赛。

在中建新疆建工举办的建功 70 年·开拓新时代结亲师徒技能竞赛中，吾买尔·库尔班带领 3 对师徒分获电焊组第一名、第二名和优秀奖；在乌鲁木齐市 2021 年度建筑领域技能大赛中，3 人荣获焊工组第二名；在新疆建筑领域技术工种职业技能大赛中，3 人获得优秀奖。

助力脱贫致富

高中毕业后，吾买尔·库尔班就离开了家乡。对家乡的爱，他一直留在心底。

2017 年 3 月，经本人申请，中建新疆建工委派吾买尔·库尔班来到喀什地区英吉沙县英也尔乡荒地村，投入"访民情、惠民生、聚民心"工作中。吾买尔·库尔班报名时，正值女儿临近高考的紧要关头。他说，我要把政府和企业的温暖带到贫困村，帮助那里的父老乡亲过上好日子。

荒地村是深度贫困村。2017年，村里有493户2230人，其中贫困户178户829人。作为工作队的扶贫专干，吾买尔·库尔班紧盯村里的边缘户、脱贫监测户和特殊困难家庭，通过解决就业、发展产业、政策兜底等措施，坚持"一户一策"的原则制订脱贫措施。

◎ 吾买尔·库尔班现场为职工进行技术指导

开展贫困户精准识别工作需要准备大量资料，作为工作队中仅有的双语干部，吾买尔·库尔班遍访民情，给村民送法律、送政策、送温暖。白天逐门逐户收集信息，晚上在办公室按标准梳理汇总资料。为让特殊群体在家门口实现就业，3 年时间，吾买尔·库尔班和其他队员们申请了 60 多个扶贫项目。在政府的支持下，村里成立了裁缝、木工、养殖等 6 个专业合作社，让 300 余名村民实现了家门口就业的致富梦。

2019 年年底，荒地村整村脱贫。

带领团队降本增效

2020 年 3 月，吾买尔·库尔班完成"访惠聚"工作任务，重返岗位。公司以他的名字成立了"吾买尔·库尔班劳模创新工作室"。作为基层技术骨干，他发扬工匠精神，深入研究如何践行绿色发展理念，通过创新创效盘活库存及低效无效资产。

他带领劳模创新工作室不断寻找解决问题的新方法，提出合理化建议、"金点子"，实现增收创效。经过头脑风暴、集思广益，工作室利用闲置物资制作成标准化周转料具，变废为宝，推动绿色低碳建造。他带领班组自制了 2500 平方米组装式型材堆放架、71 个圆材堆放架、15 万个管接头，制作料斗、钢爬梯等各种周转料具，帮助企业节约成本上百万元。

2021 年 12 月，在中建新疆建工职工创新创效成果交流会上，吾买尔·库尔班作为吾买尔·库尔班劳模创新工作室带头人受到表彰。2022 年 2 月，他被中建新疆建工四建公司授予 2021 年度主题人物、爱岗敬业之星称号。

两年来，劳模创新工作室两项合理化建议被中建新疆建工评为"十大金点子"，一项技术荣获国家实用新型专利，实现创新创效。

吾买尔·库尔班说："无论是什么角色，唯有择一事忠一事，才无愧于平凡人生路上的每一步；不管是生活、工作，全力以赴就是最好的自己。"

《工人日报》2022 年 5 月 11 日

2022

最美职工

龙 兵

凡人英雄：始终冲在最前面的兵

龙兵，中共党员，湖南省常德市桃源县人。1985 年 12 月出生，2002 年 12 月入伍，2007 年 12 月退役，现从事个体货运工作。

龙兵个子不高，身量也不算魁梧，是一个简简单单的普通人，但在他的朴素与憨厚里却有着一份迎难而上的中国坚韧、一份舍己为人的同胞感情和一份冲锋在前的报国之心。2020 年新冠肺炎疫情防控期间，他驾驶大货车 32 天往返武汉 11 次。因积极驰援疫区表现突出，2020 年 9 月 17 日，龙兵应邀参加习近平总书记在湖南考察期间召开的座谈会，被习近平总书记称赞为"没有从天而降的英雄，只有挺身而出的凡人"，并鼓励他"你是部队培养出来的，一定要退伍不褪色"。

驰援武汉，对于他来说，算是一个偶然，但对于了解他的人来说，这是符合他性格的一种必然。一直以来他热心镇村各项社会事务，从事个体货运事业以来，他文明驾驶，遵纪守法，干一行，爱一行，广受业界好评；生活中，他乐于助人，经常帮助邻里，在邻里朋友中口碑颇高。

2019 年，脱贫攻坚战正如火如荼，为了尽自己的一份力，他加入了当地公益组织——九妹公益。公益活动有时会与工作冲突，他说社会就该这样充满爱，宁愿少赚钱，也想为困难群众多做事。2020 年的一次公益活动，考虑山高路远，路况复杂，他将一笔运输业务让给了别人，自己贴钱往返 300 公里为偏远山区瓦儿岗小学送图书和物资。茶庵铺镇黄鹿坪村和古溶溪村的两户人家不幸发生火灾，他刚跑完长途运输回来，没顾上休息，赶过去帮助受灾群众灾后清理，并捐钱助他们渡过难关。2021 年 7 月，河南特大洪涝灾情发生后，他驾车前往河南新乡，为遭遇暴雨灾害的人们送去 19 吨生活与救灾物资，帮助当地的村民清理道路上的淤泥。2021 年 8 月，新冠肺炎疫情反复，他再一次投身当地的疫情防控战中。除了驾车在镇、村主干道宣传外，他还深入超市、文化活动中心、农户家中，发放宣传资料，为各监测点的志愿者们送去爱心物资等。

　　龙兵还是那个龙兵，短寸头，身着一抹"志愿红"，开着大卡车奔跑在爱心志愿的路上，最明显的变化，是左胸上多了一枚崭新的党员徽章。每次公益活动，他都不计损失积极参加，还帮扶了 3 个困难家庭，送关爱、送物资。但实际上，他自己的家庭条件并不好，母亲患有风湿病，父亲也没有劳动能力，一家五口的重担全部压在龙兵一个人身上。少跑一天车，就少一份收益，可他开朗乐观，从不向人诉说自己的困难，而是在其他人有困难时积极相助。

全国总工会宣教部供稿

"只要有需要，就会冲锋在前"

◎ 王　鑫　方大丰

世上没有从天而降的英雄，只有挺身而出的凡人。

从部队退伍后，湖南常德人龙兵当起了货车司机。日复一日行走于"两点一线"之间，他从未想过，自己某天也成了那个挺身而出的"凡人英雄"。

盘子脸，皮肤黝黑，个子不高，有些壮实。正是这样一位看上去十分普通的货车司机，在 2020 年新冠肺炎疫情暴发时，11 次驰援湖北。2021 年河南遭遇极端降雨，救灾一线也活跃着他的身影……

2022 年"最美职工"、全国五一劳动奖章获得者……成为众多货车司机的"新榜样"后，龙兵拥有了更广阔的平台，收获了更多关注。如今，他正尝试通过自己的努力，积极为货运行业和货车司机发声，为改善货车司机经营状况奔走。

"只要党和国家有需要，我就会冲锋在前。"龙兵说。

逆行记

回忆起自己 11 次驰援武汉等地的经历，龙兵至今仍记得许多细节。

2020 年 2 月的一个下午，龙兵所在的物流微信群里突然跳出一则消息：常德当地的慈善组织筹集了 20 吨新鲜蔬菜，希望尽快送达武汉。龙兵主动拨通了联系电话。"说实话，当时是有些冲动的。说没有犹豫是假的，当时最担心的是会不会给家人带来风险。"他说。

不出意料，当龙兵把想法告诉父母与妻子后，遭到了一致反对。但龙兵思前想后，还是决定要遵从自己的内心。

2 月 12 日，龙兵对妻子皇启云谎称要去帮朋友搬厂房，开车出了家门，转头就上了高速。直到快到武汉，才跟妻子说了实话。

从常德到武汉有 400 多公里车程。多数时间，路上只有龙兵的一辆车在独行。担心被感染，龙兵一路上除了检测站，不下车、不喝水、不上厕所，几乎是一口气将车开到了武汉。

第二次去湖北，路上更为艰难。2 月 15 日，龙兵再次从常德出发。因为下雪，雨刮器几次被冻住，他只好下车用热水去浇、用卡片去刮。因路面湿滑，他只能降速行驶，原本 5 个小时的路足足开了 8 个小时。

为了不给家人带来风险，龙兵决定以车为家。"吃住都在车上，几乎每顿都吃泡面，想家人了就打个电话。"32 天里，他驾车进出湖北 11 趟，为当地群众送去生活和医疗物资 300 多吨，行程超过 1.2 万公里。

热心肠

龙兵是个热心肠。

前些天，龙兵与当地一家公益组织的志愿者来到茶庵铺镇松阳坪村，看望80多岁的孤寡老人唐玉田。临走时，唐玉田抓着龙兵的手，迟迟不愿松开。"老人每次都这样，这是把龙兵当自家儿子了。"同行的志愿者陈伟珍说。

2018年，龙兵加入了这家公益组织。一有闲暇，他就穿上志愿者的红马甲，跟着公益组织一起看望慰问留守儿童、孤寡老人等。在他的短视频账号里，分享最多的是自己做公益的内容。即使自己跑车赚钱不易，他还是主动帮扶了一位贫困学生。"少抽一包烟，钱也就挤出来了。"

2021年7月，河南多地遭受特大暴雨洪涝灾害，龙兵再一次站了出来。不到两天时间，他就联合当地公益组织，筹集、采购了价值25万元的物资，并出动两辆货车，驰援河南新密袁庄乡。其中一

◎ 运送抗洪物资的龙兵

辆货车，由龙兵亲自驾驶。

桃源到袁庄乡有 1000 多公里。龙兵一行 9 人驱车 10 个小时，才将物资安全送达。卸完货，龙兵又带着大伙儿，加入当地的排水清淤等工作中。

这一趟，油费、食物等都是龙兵自掏腰包。"做这些事时，我就没有考虑过成本。力所能及地给大家帮忙，我感觉蛮自豪。"

"代言人"

车轮滚滚，龙兵"开"上了更大的舞台。

2021 年，龙兵当选常德市人大代表。经过多方调研，并结合自身工作经历，他提出了优化货车司机从业环境的建议。

龙兵还结合当前货运市场低迷的情况，主动探索困境下的个体货车司机发展新路径。2022 年 3 月，他和朋友成立了桃源县鑫龙运输有限公司，由公司牵头收集货源等信息，再联系货运司机运货。目前，公司已和 20 多名司机建立长期联系。

"以前货车司机都是单干，接活儿不稳定，议价能力也有限。现在，合作方可以系统了解我们的车型、数量等信息，货源更加充足，业务相对稳定。"龙兵透露，目前公司业务不错。

"我从 2009 年开始从事大货车运输，最熟悉的就是这个行业。现在有了一定的影响力，更应该为行业规范发展尽力。"龙兵说，希望借助社会各界力量，解决货车司机"急难愁盼"问题。

《工人日报》2022 年 5 月 12 日

于无声处写忠诚，
永葆本色守初心

◎余　勇

脱下军装，他用军人本色续写人生崭新篇章；走出军营，他始终战斗在党和人民最需要的地方。2020 年 9 月 17 日，他作为基层代表，参加了习近平总书记在湖南考察期间召开的座谈会，被习近平总书记称赞为"没有从天而降的英雄，只有挺身而出的凡人"。他，就是最美退役军人龙兵，先后获得全国交通运输系统抗击新冠肺炎疫情先进个人、全国"最美职工"、全国五一劳动奖章、湖南省劳动模范等荣誉。

他是挺身而出的英雄

2020 年 2 月 11 日，正是抗击新冠肺炎疫情的最关键时刻，只是因为在微信群里看到需要运送一批爱心物资到武汉去，龙兵就觉得自己应该出点力，于是就毫不犹豫地报了名，踏上了最美"逆行路"。2月12日,他执行任务准备出门时,害怕家里人为自己担心,于是就对妻子谎称要去帮朋友搬迁厂房。这一走就是整整32天,从2月12日离家,直到3月14日回家。在那段日子里,龙兵先后11次独自驾车前往湖北运送爱心物资,行程达1.2万公里。在那段日子里,龙兵以车为家,顿顿不是方便面,就是盒饭,洗漱全靠水箱里的一点水。休息时,由于驾驶室密闭,每次醒来被子都仿佛浸了一层水。那段日子里,龙兵和他最亲密的"战友"——这辆东风汽车,凭借出色的运行性能、可靠的安全系数,一次又一次保证了物资运送,他的这个"老伙计",从来没有耽误过他一次。除了武汉,龙兵还去过宜昌、孝感等疫情重灾地,真正做到了哪里有需要,他就去哪里。有一次,从安乡运送爱心蔬菜,雨雪交加,天气异常寒冷,他将车开进一条乡村道路,待志愿者们将蔬菜装车完毕,已是夜里8点多。由于他驾驶的是一辆载重30吨、挂厢长达13米的大货车,前方根本无法倒车,他只能在雪夜里,花费很长时间,慢慢从原路倒回。2公里的路,倒车竟花了3个多小时,直到次日零时过,他才将车倒回大路上。因为下雪,雨刮器几次被冻住,他只能一次次下车用热水去浇,甚至用银行卡一点一点刮。原本5个小时的路程,这一趟,他足足开了8个小时。

他有大爱无疆的公益情怀

2019年,龙兵加入了当地的公益组织——桃源县九妹公益。在这个公益组织中,他是最活跃的一名成员,不仅出钱,更是出力出智,全面提升公益组织运作效能。2020年,龙兵将一笔5000元的运输业务让给别人，自己贴钱往返 300 公里为偏远山区瓦儿岗小学送图书和物资。2021 年 7 月，河南多地遭遇暴雨灾害，龙兵和同事陈伟珍，号召大家积极募集爱心物资，短短两天时间，便筹集了 25 万元物资，7 月 26 日，龙兵驾驶他那辆东风牌的"老伙计"，和公益组织一行 9 人赶赴河南省新密市，为灾区送去方便面、矿泉水、棉被、84 消毒液等 19 吨生活和防疫物资，在卸完物资后，他们继续留下来参与灾区救援志愿服务。此外，龙兵还经常关心身边有困难的人，他是茶庵铺镇松阳坪村 80 多岁孤寡老人唐玉田家中的常客，只要他一有时间，就会与志愿者们一道前往，帮助老人打扫房屋、铺床叠被、买肉做菜、和老人一起聊聊家常。

他是运输行业的代言人

一辆东风牌卡车，一身工作服，出现在你面前的永远是一个让大家放心的交通人龙兵。2007 年，龙兵退伍，他没有向组织提任何要求，利用自己娴熟的驾驶技术，开始从事运输行业。2009 年，龙兵购买了属于自己的大货车开始从事长途货运。之后结了婚，有了女儿，他用辛苦劳动得来的报酬新修了楼房、孝敬父母，扛起家庭的责任。但他的能力不止于此，他的事业也不止于此，退伍不褪色，退役更担当。10 多年来，作为一名货车司机，作为一名交通战线的优秀兵，龙兵坚持勤奋工作、恪尽职守，始终把安全、高效完成任务放在心上，始终把履行责任、回馈社会放在心里，让平凡岗位成为正能量的窗口，成为人皆夸赞的名片。2020 年 9 月 17 日，习近平总书记在湖南考察时主持召开基层代表座谈会，邀请全省 10 名基层

◎ 龙兵与车队人员在一起

干部群众出席，龙兵是其中之一。2021 年 12 月，龙兵当选常德市第八届人大代表，其间，面对货运行业市场低迷的情况，他通过深入调研，认真思考，在常德市第八届人大一次会议上提出了优化货车司机从业环境的建议。2022 年年初，龙兵和同为常德市第八届人大代表的李刚，为推动货运市场进一步发展，共同成立桃源县鑫龙运输有限公司，联合货运司机抱团取暖，规范运作，持续为桃源县货运事业高质量发展贡献自己的力量。

红网时刻常德 2022 年 10 月 28 日讯

张　硕

在服务社会中不断成长

张硕，1994年7月出生，专科学历，黑龙江省鹤岗市东山区东方红乡东胜村人，现任鹤岗市美团外卖经理。

用勤奋诠释成长

他爱岗敬业，用心做好本职工作。初入外卖配送行业，张硕从一名普通外卖配送员做起，踏实工作、用心服务，主动琢磨如何提高业务水平。他十分热爱这份工作，心怀梦想、兵为帅谋，不但主动思考如何更好发展壮大公司业务，还从不计较分内分外，每天为主管片区商家解决在经营方面遇到的困难。由于工作勤奋、业绩突出，张硕很快被提拔为业务主管。此后，他更是夜以继日不断破解公司招工难、与店家沟通不畅等问题，短短半年，由于工作表现优异，他从一名普通的业务员成为美团城市外卖的城市经理。

他积极谋划，注重解决职工的实际问题。张硕认真了解骑手在工作和生活中遇到的困难，积极提供力所能及的帮助。2021年年初，他将骑手的意外伤害险从之前的1元/天/人、保额30万元，提高到 4.4 元 / 天 / 人、保额 120 万元，保障骑手在遇到意外或交通事故时能够及时得到理赔。针对部分骑手因家庭成员患有重病而生活困难的问题，他积极了解各保险公司的保险政策，从中筛选适合本单位的保险产品。2021 年 3 月，张硕促使公司与保险公司签订了骑手关爱计划保险，为骑手本人、配偶、未成年的子女、骑手的父母承担大病自付部分最高 10 万元的医疗费用，保险费用全部由公司承担，这一举措得到了全部骑手的欢迎，解决了职工的后顾之忧，使职工能够安心工作。协调鹤岗市电信公司，为骑手设计了专属的资费套餐，为骑手每个月节省话费 200 余元。与鹤岗市顺通驾校合作，为没有驾照的骑手解决驾考问题并将驾考费用降低了 620 元 / 人。

以勇气演绎担当

他勇于担当，带领村民致富。一直以来张硕坚持学习，关注国家政策，习近平总书记关于脱贫攻坚的重要论述对他的启发和影响很大。回到老家鹤岗市东方红乡，张硕看到有一部分务农人员生活很困难，甚至被当地政府列为贫困户、低保户，心怀乡村振兴梦的他，与乡政府共商贫困户就业问题，由公司提供就业岗位，开展有针对性的帮扶，并为就职者免费解决住宿、工作车辆问题，配发装备。一方面解决招工难的问题；另一方面也帮助了很多乡亲提高收入。很多就职者很快就达到了人均月收入 6000 元，年收入 8 万元的标准。令张硕印象最深的是一对夫妻，之前负债累累，两个孩子差点辍学，就业后家庭年收入由之前不足 5000 元，一年间突破了 16 万元，夫妻二人也成为"明星骑手"。

张硕积极促进成立工会组织，2021 年 5 月，在鹤岗市总工会的推动指导下，鹤岗美团工会正式成立，在为职工发声、维护职工合法权益方面发挥了极大作用。他积极组织劳动竞赛，制订竞赛规则、评比办法、奖励形式等，注重提高骑手的技能水平和服务质量，在市总工会的大力支持下，采购 200 套挡风被、车辆手把套、脖套、手套、护膝等价值 2 万余元的奖励物资，提高了骑手参加竞赛的积极性。2022 年年初，在市总工会的帮助下，为配送站点购置了方便面 240 盒、火腿肠 400 根、一次性医用口罩 1000 只，快烧水壶 2 台、消毒酒精 4 桶、图书 200 余册，切实把"娘家人"的温暖带到职工身边。

他关心关爱工友同事，2021 年 5 月初，一位骑手在工作中发生交通事故，张硕第一时间赶往现场处置，将骑手送往医院。经医生诊断为右侧锁骨骨折，张硕全程陪同，为骑手办理住院手续并垫付了全部医疗费用。骑手康复出院，但上肢活动不便，张硕决定帮助他筹备开一家外卖店，从选址到办理各种经营执照，再到正式营业，张硕事无巨细全程参与，不到一个月的时间就将店铺开了起来，当月的纯收入就达到了 5500 元，目前该骑手已经回到了工作岗位，将店铺交给了自己的妻子打理，收入稳定。

凭初心践行使命

他深知企业发展的同时更要承担社会责任。在抗击新冠肺炎疫情期间，他号召和带领骑手不惧严寒和酷暑，加班加点为鹤岗人民提供民生物资，为鹤岗市抗击疫情作出了卓越贡献。2021 年 11 月，鹤岗市经历了两场特大型降雪，对骑手的配送工作造成了极大影响。为温暖员工的身心，他提前部署，在全市范围内选定了 10 个临街商家，花费 8000 余元，购置了 10 台电饭煲及 2000 余瓶花生露，放置在这 10 个商家内，为在岗骑手提供热饮，这一举动感动了奋战的所有骑手，激发了大家团结一心、战胜困难的信心和决心。抗击疫情期间，美团外卖为封闭小区和居家隔离人员配送了大量物资，为保障人民健康和社会稳定作出了重要贡献。

张硕在带领团队和企业发展的同时，还积极参与公益事业。慰问鹤岗市特殊教育中心，为孩子们送去崭新的书包和文具。参与疫情防控工作，并为防控卡口的工作人员送去米面粮油及生活必需品等。

截至 2021 年 12 月，准时达代送物品服务店的日均营业额超过 35 万元，目前在岗职工 233 人，办公区近 300 平方米，员工宿舍床位 20 个，已为鹤岗市解决就业岗位 1000 余人次，帮扶贫困人员 300 多人次。张硕因为表现优秀先后获评美团外卖优秀城市经理、黑龙江省五一劳动奖章。

全国总工会宣教部供稿

用奋斗成就"奔跑人生"

◎ 张世光　李晓敏

5月8日，张硕和同事们全天奔跑在城市里，把一份份饱含深情的母亲节礼物送到各家各户。

从2018年入职美团至今，他已奔跑了4年，也成长为鹤岗市南山区准时达代送物品店（美团外卖）的城市经理。张硕在2022年跑出了人生新高度：不仅荣获全国五一劳动奖章，还获评"最美职工"。他认为，奔跑就应该是年轻人生命中的主旋律。

跑出身份转变

"只要你肯吃苦，就能赚到钱。"2018年，张硕在第一天应聘外卖快递员时，经理如是告诉他。

当年4月，他入职美团鹤岗工农站，成为一名外卖快递员。接下来的日子，接单—到店取餐—配送是他重复最多的流程。就这样，张硕凭着一腔敢闯的劲头，在2019年转岗成为一名业务员。

张硕负责的区域有一家老字号麻辣烫面店，生意特别红火。张硕觉得这家店开通外卖业务后一定会有不错的收益。他一次次拜访，最终打动了店铺的经营者，决定将店铺接入外卖平台。如今，这家老字号每天都能接到五六十笔订单，每月的外卖纯利润超过4000元。后来，这家店铺的经营者开了分店，第一时间就想到与张硕合作。

张硕当业务员的这段时间，每天骑着小电动车，一家家门店拜访。他用真诚打动了很多商户入驻外卖平台。最多的时候，他一人管理了200多家商户。2019年6月，张硕凭借优秀的业务水平，晋升为美团城市经理。

◎ 张硕帮骑手戴头盔

跑出来的共富

"在我的骑手团队中，有80%的人来自农村。"成为城市经理之后，张硕的收入比务农时翻了好几倍，他没有忘记家乡的伙伴。

他想到周围的朋友们，大多农忙时种地，闲下来就打牌，挣不到几个钱。

"跟着我干，一个月能赚不少钱呢！在鹤岗，天天都能回家，过来试试呗！"在张硕的说服下，许多人加入了他的团队，获得了可观的收入。后来，越来越多的人加入了张硕的团队，团队从刚开始的40多人发展到现在的230余人。

张硕的团队有一对"夫妻档"。这对夫妻曾经没有固定收入，生活困难，家里有两个孩子要上学。他们得知张硕在招募外卖骑手，便跑来加入。张硕为了方便夫妻俩照顾孩子，专门为他们调整排班。现在，他们夫妻俩一年能赚10多万元，还在鹤岗买了房。

为了更好地帮扶进城务工人员，张硕还为大家免费解决住宿、免费提供车辆与装备。"不想让他们试错，试错还得承担损失金钱的风险。"张硕说。

这些年，他先后帮扶贫困人员300多次，帮助解决了1000多个就业岗位。

跑出的社会责任

2022年3月27日，原本是一个寻常的星期天，鹤岗市南山片区的一个新冠肺炎阳性确诊病例打破了这座小城原本的安静。

在得知消息的第一时间，张硕就带领团队，准备了20台私家车。"疫情来临的时候，老百姓会在线上大量下单。"张硕决定用私家车配送较大型的物资，骑手骑车配送体积较小的物资。

为了保证团队的战斗力不受到影响，张硕还联系了朋友，为团队里 120 名左右的骑手每天免费提供两顿盒饭，每餐两荤两素，保证每位骑手都能吃到热乎的饭菜。在 3 月依旧寒冷的东北小城，吃上热乎的盒饭，再继续奔跑送物资，团队更加有力量。

"作为新时代的劳动者，就是要服务社会、服务百姓。"作为新兴产业的全国劳模，张硕说，"我的工作好似一座桥梁，连接了用户与商家，给双方提供方便。未来，我想继续扩大团队的力量，让家乡的老百姓能体验到更好的服务。"

《工人日报》2022 年 5 月 13 日

从"外卖小哥"
成长为全国"最美职工"

◎王　彦

2022 年全国五一劳动奖章获得者中，有位黑龙江 90 后新就业形态劳动者。短短 4 年，他从一名农民，到外卖骑手，逐步晋升为城市经理，并带领更多人走出乡村共同致富。他就是鹤岗市南山区准时达代送物品服务店（鹤岗市美团外卖）经理——张硕。

4 月 30 日，张硕再获由中宣部、中华全国总工会发布的"最美职工"殊荣。

用心做好每一单
收获更多好评

"我是从 2018 年开始接触外卖行业的，当时只想趁农闲出去打工赚点钱。"就这样，张硕成了鹤岗工农站的一名外卖送餐员。

入职没几天，鹤岗遭遇暴雪天气，骑手们只能徒步送餐。张硕担心顾客点的烧烤凉了，就揣在怀里，一路跋涉，边走边送。3 个小时后，顾客接过带着张硕体温的包装袋开玩笑说："晚饭改成了夜宵。辛苦了！"

张硕送餐从不单纯追求数量，一天至多接七八十单。每每见到顾客，他都会祝顾客用餐愉快，临走还会顺手把垃圾带下楼。踏实做事，用心做好每一单，使他收获了更多的好评。

<h2 style="text-align:center">用心带领团队
服务 2000 多户商家</h2>

送餐积累了不少商家服务经验的他，5 个月后通过内部面试，成功转岗为一名外卖业务员。以真心换真心。无论是面对新创建的店铺，还是售卖不理想的老店铺，张硕都认真对待。

当地有家麻辣烫老字号挺火的。他针对菜品搭配、页面优化、商家补贴等，对商家提供全方位细致周到的服务。如今，这家老字

◎ 张硕给同事讲解最新的配送范围

号每月都会接到近千笔线上订单。

别人拜访 10 个商家，他就拜访 100 个。张硕要的不是个人的业绩，而是双赢。当地平台外卖销售额排名前 15 的商家，全部都是他的客户。张硕带领同事先后服务了 2000 多家商户，帮助这座小城的商家增加了实实在在的收入，也因此被提拔为城市经理，负责鹤岗市 200 余名配送骑手及业务人员的管理工作。

用心带领乡亲走出来
实现共同致富

张硕没有忘记东方红乡东胜村的父老乡亲。凡事开头难。张硕首先回村寻找年龄相仿志同道合的小伙伴，分享自己的创业就业经验，介绍外卖这个新行业，推荐配送骑手、外卖业务员、运营人员等就业岗位。同时，张硕协调开展有针对性的帮扶，为就职者免费解决住宿、工作车辆、装备问题，还手把手传帮带。在他的带动下，老乡们人均月收入达到 6000 元。这些年，张硕共帮扶贫困人员 300 余人次，为当地解决 1000 多个就业岗位。

2022 年 3 月末，受新冠肺炎疫情影响，鹤岗暂停了餐饮外卖。作为保供单位，张硕组织 120 名左右骑手肩负起大型商超民生必需物资和医药闪购物资的配送任务。伴随着个人成长，张硕要担负起更多为社会服务的责任。

《黑龙江日报》2022 年 5 月 5 日

2022 最美职工

中铁建工集团北京 2022 年
冬奥会奥运村及场馆群
工程项目经理部

"开路先锋"的冰雪奇缘

一曲笙歌毕，千门灯火莹。

日前胜利闭幕的北京 2022 年冬奥会是一场全球瞩目的体育盛会，也是一场对举办方综合保障实力的测试赛。

2018 年起，中铁建工集团北京 2022 年冬奥会奥运村及场馆群工程项目经理部先后承担了国家跳台滑雪中心、国家越野滑雪中心、国家冬季两项中心、张家口奥运村的建设任务，2022 年北京冬奥会期间，项目团队继续承担张家口赛区冬奥会"三场一村"运维保障任务。在寒风中坚守，在挑战中前行，项目团队用智慧、勇气和耐心为运动员提供最佳保障。

开路先锋，再展雄风。中铁建工集团项目团队的出色表现得到了国际社会、国内机构的充分认可和高度评价。目前，中铁建工集团已先后收到北京冬奥组委规划建设部、国家冬季两项中心运行团队、张家口冬奥村（冬残奥村）场馆运行团队、张家口奥体建设开发有限公司等多家单位的感谢信。

"运动员满意就是我们的金牌"

国家跳台滑雪中心是北京 2022 年冬奥会张家口赛区冬奥会场馆群建设中工程量最大、技术难度最高的竞赛场馆。因赛道的"S"形曲线与中国传统吉祥饰物如意相似，被大众称为"雪如意"。冬奥期间，多场比赛在这里相继举行。

赛事精彩、建筑精美，离不开建设者的倾力付出。

"项目现场地处山地，物料运输无自然通行条件，气候多变，年有效施工时间仅有 6 个月……太多的难题摆在我们面前。"曾参与我国南极科考站建造工作的项目经理姜秀鹏说，面对挑战，90 后为主的项目团队迎难而上，用创新理念推进工程进度。

"雪如意"的顶部是个圆形，拼装的过程需要每一个点都非常精细、完美闭合，悬挑设计更是要反复验算整个受力。姜秀鹏带领团队经过多次论证，反复推演、模拟，最终通过 39 根钢结构把"雪如意"的"大脑袋"撑起来，然后卸载在山顶。每一道工序都做到100% 合格，安装偏差不到两厘米。

为了在施工建设全过程中贯彻绿色办奥的理念，姜秀鹏舍弃砍伐 5000 余棵林木修建运输道路的方案，改为采用 5 座动臂塔吊组成的特种塔机组相互传递的方式，逐步将建材运到指定位置，成功克服了坡度对施工的制约。

"雪如意"跳台纵向是一个弧线，横向又是一个弧线，所有的基础都不在同一个平面上。"133 根桩基，体量不大，但柱底的标高不一样，没办法进行成套配模。133 根柱子就是 133 道难题。"90 后项目总工程师张裕说，项目为每根柱子的构件单独制订了模板及架体的施工方案，确保了赛道面混凝土浇筑顺利进行。

据统计，在"雪如意"建设过程中，项目团队通过 BIM 全生命周期应用、塔吊防碰撞系统、高支模变形监测技术、自动喷淋降尘除霾系统、全视频监控等智能技术的应用，提高现场施工效率 60% 以上，节约木方约 315 立方米。

在此背后，是参建人员不计回报的默默付出。

一次，因雪后路滑，姜秀鹏开车下山时与一辆施工车相撞，结果车辆报废，人也受了伤。可是姜秀鹏却顾不得治疗肺部积水，仅休息了一天，就拖着沉重的双腿，又投入繁忙的现场管理工作。

除姜秀鹏之外，项目成员几乎都是 90 后，面对恶劣的施工条件，没有一个人叫苦，没有一个人退缩。大家互相扶持互相帮助，经常在七八级的大风中，冒着零下 30 摄氏度的严寒，继续施工作业。在现场一待就是三四个小时，手、脸被冻伤了也要继续坚持。至于熬夜加班、开车送货等，更是家常便饭。

施工之初，为了开辟一条"雪如意"顶部连通山脚的物资运送道路，项目工程技术部部长王普和同事每天扛着设备踏勘、测量、定位、标高。时逢盛夏，荆棘遍地，烈日当头。每天在野外 10 多个小时，王普和同事们满身都是划痕，皮肤脱落一层又一层。为了更好照顾丈夫，王普的妻子崔立欣辞去工作，来到项目部当了一名预算员，小两口开始并肩作战。而这样的"夫妻档"，在项目上共有 5 对。

"冬奥健儿在赛场上拼搏夺金，我们在场下也要争夺属于我们的'金牌'，那就是让运动员满意。"姜秀鹏表示。

"除了迎难而上，我们别无选择"

工程项目三分在建，七分在管。"三场一村"项目交付后，中铁建工集团留下相当数量的工作人员，无惧严寒不舍昼夜做好运维保障工作。

2022 年 1 月 31 日 5 时 45 分，正是农历除夕。运维保障人员刘建和却踏上了自驻地酒店开往冬季两项中心的班车。3 天前，冬季两项中心场馆技术中心 2 号门的热风幕出现故障。当时崇礼气温极低，如不及时维修，很可能会导致消防水管因低温爆裂。

年底供货商放假、物流停运、崇礼交通管控……一道道难题摆在刘建和及同事面前。经过多方协调，他们终于联系上了一家愿意供货的厂家。但因为交通管制，热风幕只能运到张家口市。从张家口市怎么运到崇礼？幸好，维保团队为应对突发状况，提前在冬奥闭环外设置了 2 名特殊联络员。他们第一时间赶到张家口，接收物流快递后，又迅速赶回崇礼，把设备送到刘建和的手中。经过紧急抢修，终于在除夕当天恢复了热风幕的使用。

2022 年 2 月 14 日凌晨 1 时 30 分，场馆运行团队受理中心来电，国家跳台滑雪中心斜行电梯由于暴雪结冰，急需处理。国家跳台滑雪中心运维保障负责人孟旭东仅用了 5 分钟就赶到了现场。"雪如意" 140 多米的落差，斜行电梯近 40 度的倾斜度，零下 20 多摄氏度的低温，加上暴雪导致能见度极低，给除冰带来极大困难。而当日下午，跳台滑雪男子团体赛将在此举行。

"除了迎难而上，我们别无选择！"孟旭东带领 8 个人的小团队立即开工，弯腰低头、迎风斗雪，大家脸冻红了，手冻木了，却不肯放过一块近乎透明的细小冰块。终于，在赛前顺利完成了清理任务。

"冬奥场馆的事，就是我们的事"

参与保障冬奥赛事的单位很多。大家职责不同，但使命如一。当兄弟单位遇到困难时，中铁建工集团北京 2022 年冬奥会奥运村及场馆群工程项目团队在自身运维保障任务非常沉重的前提下，积极伸出援手。

2022 年 1 月 28 日 16 时，距离运动员正式进驻场馆不足 20 个小时，国家越野滑雪中心维保人员尉景琦和团队正在召开巡视例会。兄弟单位发来求助，越野滑雪中心运动员综合区域水管爆裂，导致停水，急需抢修。尉景琦第一时间与维修工人携带工具赶到现场。

"别急，冬奥场馆的事，就是我们的事。我们一起帮你想办法。"

◎ 建设者现场勘测

尉景琦真诚地表示。经过中铁建工集团运维团队多方联系，终于找到专用配件，并协调专用车辆送达越野滑雪中心。1 月 28 日 21 时，距离运动员正式进驻场馆不足 15 小时，水管修好了。

"太及时了，非常感谢！"兄弟单位维保负责人由衷地说。

除了日常的运维保障工作，项目团队还需配合冬奥组委完成现场临建设施改造、水暖电线路调整以及国外技术官员和运动员提出的各种设施使用需求变更工作。

"冬奥村内一运动员房间热水管爆裂，请前往维修。"通信手台传来呼叫。方立新立刻集结队伍，5 人跑步抵达现场。经了解，运动员忘记关闭窗户，导致室内水管受冻炸裂。此时，距离运动员比赛结束返回房间已不足 1 小时。"加油干吧！"方立新一边给团队打气，一边摘下手套。因为戴着手套会影响维修速度。维修完成，方立新才发觉自己的手已经被烫出了水疱。

走出房间，他们正巧遇到比赛归来的运动员。听说情况后，运动员一下子就握住了方立新的手，掏出身上的纪念徽章塞给方立新，嘴里不停地说："斯巴西巴！斯巴西巴！"（俄语：谢谢！谢谢！）

由于项目团队的出色表现，中铁建工集团北京 2022 年冬奥会奥运村及场馆群工程项目经理、河北大工匠姜秀鹏作为代表，成为 2022 年北京冬残奥会火炬手。在结束火炬传递后，他百感交集地说："每一步都包含了我们团队付出的泪水和汗水，每一步都非常坚实，脚下特别有力量。"

这也正是 3 年多以来，项目团队所有人共同的心声。

全国总工会宣教部供稿

在场馆建设上"夺金"

◎ 刘　静

2022 年北京冬奥会的成功举办，吸引了全世界的目光。其中，冬奥场馆令众多运动员赞不绝口，也给观众留下了深刻印象。冬奥场馆是向世界展示中国建造水平的重要窗口，是彰显中国理念、中国形象的重要平台。这背后，离不开广大冬奥建设者的默默奋斗、全力付出。

从 2018 年 5 月起，中铁建工集团北京 2022 年冬奥会奥运村及场馆群工程项目经理部承担起了国家跳台滑雪中心、国家越野滑雪中心、国家冬季两项中心、张家口奥运村的建设任务。该经理部获评全国工人先锋号和"最美职工"。

攻坚克难，书写传奇

"运动员在赛场上夺金，我们也要在场馆工程上'夺金'！"2018年 5 月，中铁建工项目团队向崇礼的群山立下誓言。

"崇礼山间气候多变，一年仅 6 个月为有效施工时间。项目现场地处山地，运输物料没有自然通行条件。我们常常冒着零下 30 摄氏度的严寒，顶着七八级大风，争分夺秒修建全世界首屈一指的冬奥场馆。"中铁建工集团冬奥会奥运村及场馆群工程项目经理姜秀鹏说，面对诸多难题，这支以 90 后为主的项目团队，用创新理念推进工程进度。

国家跳台滑雪中心是 2022 年北京冬奥会最具辨识度的场馆之一，因其跳台剖面与中国传统吉祥饰物"如意"的"S"形曲线契合，被形象地称为"雪如意"。"雪如意"匠心独运，打破了国外场馆依托山脊走势堆土成型的常规，通过采用全球首创的全钢筋混凝土框架结构，架在山谷之间，一举解决了横风干扰运动员的问题。

"为了把'雪如意'的助滑道架到半空，我们浇筑了 133 根桩柱，桩底标高两两不同，最高单柱 30 米，足有 10 层楼高，最深挖孔桩 25 米，近似地下 8 层。"姜秀鹏告诉记者。

"雪如意"最上方的顶峰俱乐部，是一个外径 80 米、内径 36 米、悬挑部分高达 37.5 米的巨型圆环，使用钢材超过 1800 吨，而可利用室外施工场地不足 2500 平方米。要使这个庞然大物仅靠单侧支撑就稳定地悬挑在空中，是一个世界级难题。

"我们先架起 39 根钢结构作支撑，确保施工误差精确到厘米级，严丝合缝形成稳定结构后再撤去支撑，卸载前后偏差远远小于设计允许的 5 厘米，做到了 100% 检测、100% 合格。"正是建设者们充分发挥工匠精神，攻坚克难，使"雪如意"成为世界首个一次性通过国际专项赛事组织认证的跳台滑雪中心。

舍巧求拙，守护绿色

冬奥场馆建设过程中，建设者坚持生态优先、资源节约，结合每个场馆特点，差异化定制绿色建造、生态环保方案，为冬奥会打下美丽中国底色。

在北京冬奥会竞赛场馆中，"雪如意"被誉为绿色、低碳、可持续发展典范。"我们始终坚持绿色施工，常常舍近求远、舍巧求拙，只为在树木生长极其缓慢的崇礼，少砍一棵树，多留一分绿水青山。"姜秀鹏说。

他告诉记者，"雪如意"的滑道段坐落在山体上方，常规作业需要伐平树木、修建临时道路，通过汽车把钢筋、混凝土运送上山。"我们采集了山腰的数据点，也设计了施工线路，但后来发现，如此修建的话需要砍伐5000余棵林木，对当地的山体生态造成影响。看着成片挺拔的白桦林，我们毅然舍弃了常规方案，经过反复研究论证，拿出了5台动臂塔吊接力运输的方案。"使用这种"塔传塔"的方式，建设者的工作量会大大增加，常规1个小时能干完的活儿，他们要干10个小时。

在"雪如意"建设过程中，项目团队还通过BIM全生命周期应用、塔吊防碰撞系统等智能技术的应用，提高现场施工效率60%以上，节约木方约315立方米。

甘于奉献，全力护航

4年间，建设者风餐露宿坚守岗位，许多人连续几年都没有回家。项目竣工后，大家又全力做好冬奥会、冬残奥会的运维保障任务。

在 58 天里，项目部 187 名保障工作人员 24 小时巡视巡查，冒着严寒彻夜除冰，连夜清除积雪，及时消除隐患，时刻准备启动备用预案。他们用坚守扛起责任与担当，圆满完成了场馆群 72 项赛事和奥运村 3030 名运动员的保障工作。

2 月 14 日凌晨，中铁建工集团国家跳台滑雪中心运维保障负责人孟旭东接到一通紧急电话，称国家跳台滑雪中心地轨缆车轨道由于暴雪结冰，急需处理。而当天下午，跳台滑雪男子团体赛将在此举行。

"雪如意" 140 多米的落差，斜行电梯近 40 度的倾斜度，零下 20 多摄氏度的低温，加上暴雪导致能见度极低，给除冰带来极大困难。"除了迎难而上，我们别无选择！"大家立即开工，弯腰低头、迎风斗雪，不肯放过一块近乎透明的细小冰块。脸冻红了，手冻木了，最终在赛前顺利完成了清理任务。

姜秀鹏说："我们只是冬奥保障团队中的平凡一员。全力以赴保障是我们的使命，更是我们的光荣。"

《工人日报》2022 年 5 月 14 日

中铁建工团队：为保住5000余棵树，"雪如意"改施工方案

◎ 张　璐

北京2022年冬奥会吸引了全球的目光，多个漂亮的竞赛场馆也给运动员和观众留下了深刻的印象。精美的场馆、精彩的赛事，背后离不开建设运维者的倾力付出。

2018年5月起，中铁建工集团北京2022年冬奥会奥运村及场馆群工程项目经理部先后承担了国家跳台滑雪中心、国家越野滑雪中心、国家冬季两项中心、张家口奥运村的建设任务，用智慧、韧劲和耐心为运动员提供最佳保障。

在五一国际劳动节来临之际，中央宣传部、全国总工会于4月30日发布2022年"最美职工"先进事迹。胡兴盛、成红霞等9名个人和中铁建工集团北京2022年冬奥会奥运村及场馆群工程项目经理部1个集体光荣入选。

用特种塔机组传递建材，保住 5000 余棵树

国家跳台滑雪中心是北京 2022 年冬奥会张家口赛区冬奥会场馆群建设中工程量最大、技术难度最高的竞赛场馆。因赛道的"S"形曲线与中国传统吉祥饰物如意相似，被大家形象地称为"雪如意"。

"项目现场地处山地，运输物料没有自然通行条件，这里气候多变，年有效施工时间仅有 5—10 月这 6 个月的时间。"曾参与我国南极科考站建造工作的项目经理姜秀鹏说，面对诸多难题，90 后为主的项目团队用创新理念，推进工程进度。

姜秀鹏告诉新京报记者："雪如意"的滑道段整体位于山坡上，按照常规来说，建设者会修建一至两条临时施工道路，将钢筋混凝土、模板、周转料、脚手架等运抵施工部位，方便工人操作。"我们采集了山腰的数据点，也设计了施工线路，但后来发现，如此修建的话需要砍伐 5000 余棵林木，对当地的山体生态造成影响。"

本着绿色办奥的理念，建设者决定改变施工方案，用 5 座动臂塔吊组成了特种塔机组。"一号塔吊起来传给二号塔，再传给三号塔……通过相互传递的方式，逐步将建材运到指定位置。"来回周转使施工作业的效率大大下降，"正常汽车泵送混凝土浇筑为每小时 55—60 立方米，而我们用塔吊浇筑 15—20 分钟才能吊一吊，一个小时只能浇筑 6—8 立方米，本来 1 个小时的活儿需要 10 个小时才能干完。"另外，工人爬到操作点，每次也得二三十分钟。但想到"雪如意"周边的绿意盎然，大家觉得再麻烦都值得。

在"雪如意"建设过程中，项目团队通过 BIM 全生命周期应用、

塔吊防碰撞系统、高支模变形监测技术、自动喷淋降尘除霾系统、全视频监控等智能技术的应用，提高现场施工效率 60% 以上，节约木方约 315 立方米。

"让运动员满意，就是我们的金牌"

"雪如意"的建设用了整整两年，这期间，参建人员面临着严寒酷暑的考验，也曾直面危险。

2019 年 4 月的一天，张家口刚刚下过一场大雪，姜秀鹏开车上山勘查，预估降雪对施工的影响。下山途中，车辆突然侧滑不受控制，直奔悬崖边溜去，姜秀鹏吓出了一身汗，已经做好了跳车的准备，在离悬崖边仅有二三十厘米的位置，车子前轮停了下来。

还有一次，姜秀鹏下山驾车时与一辆施工车相撞，他的车当场报废，同事连忙将他送往急救中心检查。"当时喘不过来气，浑身疼

◎ 中铁建工集团北京 2022 年冬奥会张家口赛区奥运村及场馆群工程项目冬奥会、冬残奥会运维保障团队誓师出征

得迈不开步，上楼的时候只要稍微一用劲儿，浑身像散了架似的"。但他顾不上治疗肺部积水，仅休息了一天，就投入到了繁忙的现场管理工作中。

除姜秀鹏之外，项目成员几乎都是 90 后。当地施工条件恶劣，大家经常在七八级的大风中，冒着零下 30 摄氏度的严寒施工作业。由于在现场一待就是三四个小时，很多人的手和脸被冻伤了。"尽管大家都在毛衣、羽绒服外面再套上棉大衣，但还是 5 分钟就被冻透了。"

施工之初，为了开辟一条从"雪如意"顶部连通山脚的物资运送道路，项目工程技术部部长王普和同事每天扛着设备勘探、测量、定位、标高。时逢盛夏，荆棘遍地，烈日当头。每天在野外 10 多个小时，王普和同事们满身都是划痕。为了更好地照顾丈夫，王普的妻子崔立欣辞去工作，来到项目部当了一名预算员。

"冬奥健儿在赛场上拼搏夺金，我们在场下也要争夺属于我们的'金牌'，那就是让运动员满意。"姜秀鹏表示。

运维保障"三场一村"，运动员送徽章致谢

工程项目三分在建，七分在管。"三场一村"项目交付后，中铁建工集团留下大量工作人员，继续做好运维保障工作。

2022 年 1 月 31 日，正是农历除夕。不到清晨 6 点，运维保障人员刘建和就踏上了自驻地酒店开往冬季两项中心的班车。3 天前，冬季两项中心场馆技术中心 2 号门的热风幕出现故障。当时崇礼气温极低，如不及时维修，很可能会导致消防水管因低温爆裂。

年底供货商放假、物流停运、崇礼交通管控……一道道难题摆在刘建和及同事面前。经过多方协调，他们终于联系上了一家愿意供货的厂家。但因为交通管制，热风幕只能运到张家口市。幸好，维保团队为应对突发状况，提前在冬奥闭环外设置了 2 名特殊联络员。他们第一时间赶到张家口，接收物流快递后，又迅速赶回崇礼，把设备送到刘建和的手中。经过紧急抢修，终于在除夕当天恢复了热风幕的使用。

2 月 14 日凌晨 1 时 30 分，国家跳台滑雪中心运维保障负责人孟旭东接到一通紧急电话，称国家跳台滑雪中心地轨缆车轨道由于暴雪结冰，急需处理。14 日下午，跳台滑雪男子团体赛将在此举行，运动员需要使用地轨缆车从降落区抵达出发区。孟旭东马上带领团队赶到现场连夜处理。"雪如意"140 多米的落差，地轨缆车轨道近40 度的倾斜度，零下 20 多摄氏度的低温，暴雪导致的极低能见度，都给除冰带来极大困难。大家脸冻红了，手冻木了，终于在 14 日一早顺利完成了清理任务。

除了日常的运维保障工作，项目团队还需配合冬奥组委完成现场临建设施改造、水暖电线路调整以及国外技术官员和运动员提出的各种设施使用需求变更工作。

"冬奥村内一运动员房间热水管爆裂，请前往维修。"通信手台传来呼叫。机电经理方立新立刻集结了 5 人队伍，跑步抵达现场。原来是运动员忘记关闭窗户，导致室内水管受冻炸裂。此时，距离运动员比赛结束返回房间已不足 1 小时。为了提高维修速度，方立新摘下手套，等维修完成才发觉自己的手已经被烫出了水疱。

走出房间时，他们正巧遇到比赛归来的运动员。听说情况后，运动员马上掏出身上的纪念徽章塞给方立新，连声道谢。

由于项目团队的出色表现，中铁建工集团北京 2022 年冬奥会场馆群及奥运村工程项目经理、河北大工匠姜秀鹏作为代表，成为 2022 年北京冬残奥会火炬手。

在结束火炬传递后，姜秀鹏百感交集地说："每一步都包含了我们团队付出的汗水，每一步都非常坚实，脚下特别有力量。"

《新京报》2022 年 4 月 30 日

2022

最美职工

视
频
·
链
接

中央宣传部、全国总工会联合发布2022年"最美职工"先进事迹

◎ 樊　曦　叶昊鸣

为深入学习贯彻习近平总书记关于工人阶级和工会工作的重要论述，大力弘扬劳模精神、劳动精神、工匠精神，激励广大职工奋进新征程、建功新时代，以实际行动迎接党的二十大胜利召开，在五一国际劳动节来临之际，中央宣传部、全国总工会向全社会公开发布2022年"最美职工"先进事迹。

2022年"最美职工"注重面向一线青年产业工人、新就业形态劳动者等群体，胡兴盛、成红霞、王学勇、亓传周、刘书杰、熊朝永、吾买尔·库尔班、龙兵、张硕9名个人和中铁建工集团北京2022年冬奥会奥运村及场馆群工程项目经理部1个集体光荣入选。他们扎根基层和生产一线，有的在高水平科技前沿阵地勇攀高峰，有的积极承担急难险重攻关重任，有的通过技术创新大幅降低生产线工位工时，有的驻守黄河水闸管理一线保护生态环境，有的助力我国海洋油气勘探开发步入超深水时代，有的在亚洲象繁育、救助

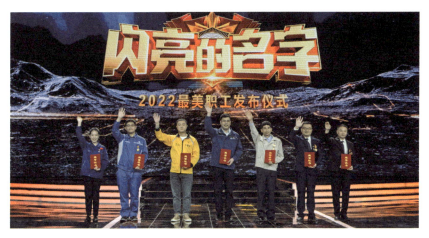

◎ 2022 年 4 月 30 日，中宣部、全国总工会向全社会公开发布 2022 年"最美职工"先进事迹。左起：成红霞、胡兴盛、张硕、中铁建工集团北京 2022 年冬奥会奥运村及场馆群工程项目经理部代表、吾买尔·库尔班、亓传周、龙兵

医疗等方面作出重要贡献，有的坚持传帮带培养技能人才，有的在新冠肺炎疫情防控斗争中全力保障物资供应，有的在个人发展的同时不忘帮助乡亲脱贫致富，有的克服困难确保北京冬奥会期间各项基础设施平稳安全运行……他们在平凡岗位上创造出不平凡的业绩，充分展现了工人阶级的时代风采，生动诠释了劳动最光荣、劳动最崇高、劳动最伟大、劳动最美丽的社会风尚。

发布仪式现场播放了"最美职工"先进事迹的视频短片，从不同侧面采访讲述了他们的工作生活感悟。中央宣传部、全国总工会负责同志为"最美职工"颁发证书。

新华社北京 2022 年 4 月 30 日电

《闪亮的名字——2022 最美职工发布仪式》，中央广播电视总台，2022 年 4 月 30 日